KB273901

편의점이 보이는 거리

편의점이 보이는 거리

편의점이 보이는 거리

최계옥 단편소설집

실천문학

차례

구회별

구회별

구회가 대양수산에 온 건 석 달 전이었다. 왜소한 체격에 굽은 어깨, 부스스한 새치까지. 구회를 위아래로 훑어본 사장은 한참 동안 말이 없었다. 다행히 그가 신용불량자라는 건 별로 신경 쓰지 않는 눈치였다. 어차피 산중에 있는 저수지 옆에서 먹고 자야 하는 일이었다. 거쳐 간 일꾼들 대부분이 제대로 된 일자리를 구할 수 없는 너절한 인생뿐이었을 것이다. 이윽고 식어 빠진 믹스커피를 단숨에 마신 사장이 따라오라며 사무실을 나섰다. 관리해야 할 저수지와 창고를 한 바퀴 돌았고 햇볕에 달구어진 컨테이너를 열어 낡은 침대를 보여 주었다. 그리고 4대보험 대신 월급에 오만 원을 더 얹어 주겠다고 했을 때 그는 저도 모르게 꾸벅 인사했다.

양평에 있는 대양수산은 민물고기를 노지 양식해서 도매

로 넘기는 곳이었다. 그러나 진짜 돈벌이는 사장의 손에서 은밀하게 이루어지는 물타기였다. 중국산 쏘가리나 메기, 껍데기와 뼈를 발라낸 중국산 장어를 국산과 섞어 식당에 팔았다. 석 달쯤 지나 양식장 일이 몸에 밸 무렵, 저수지에 녹조가 번지기 시작했다. 이상 고온이 계속되면서 물은 검푸르게 썩어갔다. 비늘이 없어 감염에 취약한 민물고기들이 떼로 죽어 떠올랐다. 구회는 하루 종일 악취 나는 저수지를 돌았다. 가슴 장화와 고무장갑을 끼고 죽은 물고기를 건져 내고, 트럭에 가득 실린 저질 개선제를 날라 저수지에 뿌렸다. 팔월의 햇빛이 정수리를 쪼았다.

저녁 무렵 저수지에서 나온 구회가 장화를 벗을 때였다. 도로에서 벗어나 비포장길로 접어든 하얀 차가 저수지 쪽으로 달려오고 있었다. 그는 사무실 뒤편 작업장으로 뛰어갔다. 중국산 메기와 쏘가리를 포대에 담던 사장은 그의 얘기를 듣고도 별다른 기색 없이 하던 일을 마쳤다. 미리 연락받은 단속반이라고, 두툼한 돈 봉투와 룸싸롱까지 예약해 두었다며 손을 씻고 옷을 갈아입었다.

단속반은 단둘이었다. 군청 환경과 계장과 이제 갓 발령받아 나온 신참 공무원. 계장이 형식적으로 신참을 소개하고 사무실로 들어갔다. 뒤따라 들어가던 신참은 발길을 돌려 저수지를 살폈다. 손으로 물을 떠서 냄새를 맡아보고 트럭에 가득 실린 저질 개선제도 꼼꼼하게 들여다보았다. 그리고 구석에서 냄새를 피우며 썩어 가는 민물고기를 들춰보다가 갑자기 사무실 뒤로 돌아갔다. 이미 다 알고 왔다는 듯 묻지도 않고 냉동고 문을 활짝 열어젖혔다. 그리고 말릴 새도 없이 안으로 들어갔다. 신참은 구석에 차곡차곡 포개두었던 포대 자루를 하나씩 꺼내 내용물을 확인했다. 결국 제일 밑에 숨겨 두었던 자루들도 꺼내졌다. 중국산 쏘가리가 나오고 살을 발라낸 중국산 장어의 뼈가 쏟아졌다. 냉동고 앞에서 망연하게 이 모습을 쳐다보던 구회에게 사장이 다가왔다.

- 닫아.

사장이 냉동고 문을 턱으로 가리켰다. 구회는 냉동고를 쳐다보았다. 차가운 냉기 속에 쭈그리고 앉은 신참은 고집스러운 표정이었지만 아직 어리고 성실해 보이는 청년이었다.

- 문 닫으라고.

사장이 냉동고 문을 발로 밀었다. 짧은 순간 뭐라고 외치는 소리가 들렸고 문은 굳게 닫혔다. 다시 사무실로 들어갔던 사장이 계장과 함께 나왔다.

- 적당히 있다가 문 열어주고, 이거 전해.

시내 유명한 술집의 명함이었다.

- 살살 해. 기만 살짝 죽게.

뒤따르던 계장이 사장인지 그에게 하는 말인지 모를 소리를 낮게 흘리며 차로 걸어갔다. 당황한 얼굴로 우두커니 선 구회를 남겨둔 채, 사장의 차는 산을 내려갔다.

구회는 냉동고 앞에 쭈그려 앉았다. 고요한 산중에 연한 먹물 같은 어둠이 스미고 있었다. 해는 졌어도 낮 동안 달아오른 공기는 쉽게 가라앉지 않았다. 이제 곧 달이 뜨면 밤이슬에 젖은 풀 냄새가 진해지고 벌레 우는 소리가 요란해질 것이다. 점심때 지나곤 먹은 게 없어 허기가 지고 목이 말랐다. 구회는 시큼한 냄새를 풍기는 수건으로 얼굴을 닦으며 냉동고 저쪽에 있는 컨테이너를 쳐다보았다. 좁은 침대와 간이 냉장고, 문짝이 떨어져 나간 캐비닛이 전부인 그의 숙소였다. 지금쯤 컨테이너에 보일러를 틀어 습기를 빼놓아야 밤에 잠을 잘 수 있었다. 구회는 첫날부터 저 방이 마음에 들었다. 좁고 더럽고 허름한 두 평짜리 컨테이너가 편하고 안락했다. 밤에 불을 끄고 누우면 아무것도 보이지 않고 들리지 않아 꿈도 없는 깊은 잠을 잤다.

사장은 대리기사 휴게실로 쓰던 걸 중고로 구했다고 했다. 겹겹이 바른 벽지가 떨어져 나간 자리에 수많은 숫자와 상호들, 약도가 적혀 있었다. 070으로 시작하는 중국집, 해장국집 전화번호와 퀵서비스, 대리기사의 번호들. 누군가 볼펜을 휘갈겨 많지 않은 돈 계산을 했고, 나연 세호 따위의 이름이 소리 없이 불렸다. 잠이 들 때까지, 침대에 누운 구회는 그 많은 이름과 주소를 따라다녔다. 공흥 노인정, 양평 교회를 지나 고속도로와 국도를 번갈아 달리다가 영흥 마트, 제일 세탁소 옆 좁은 골목으로 들어섰다. 가파른 골목 양옆으로 불을 밝힌 반지하 창문들. 그중 하나가 그의 방이었다. 야근을 나가던 겨울밤, 아기를 안은 아내가 창문을 열고 그를 배웅했다. 조명등을 조립하는 작은 공장. 그는 그곳에서 실내등을 만들었다. 평판 케이스를 볼트로 고정시켜 라벨지를 붙이고 선을 연결하는 일이었다. 아빠, 안녕 해 봐. 아내가 돌도 안 된 아들의 손을 흔들며 그를 보고 웃었다. 같은 공장에서 조명등에 전력 시험을 하던 아내는 작은 불빛이나 바람에도 눈이 시려 눈물을 흘리곤 했다. 추워, 문 닫아. 그는 허리를 굽혀 창문을 닫았다. 차갑게 굳은 땅을 쓸던 바람이 창을 흔들다가 사라지는 걸 보며 언젠가 돈을 많이 벌면 아들을 데리고 이 세상 제일 높은 산에 올라 보고 싶다고. 땅속 단칸방에서 자란 아들에게 탁 트인 세상을 보여주고 싶다고 생각했다. 온 우주의 별이 빛나는 밤, 저 아래로 넓은 세상이 한눈에 보이는 곳에서, 이왕이면 영화의 한 장면처럼 어디선가 유성 하나 떨어지는 그런 멋진 밤을 아들과 함께 보낼 수 있기를, 그는 바랐다. 매일 그 바람에 기대 비탈지고 눈 쌓인 골목길을 걸어 공장으로 향했다.

구회는 컨테이너에 걸린 시계를 쳐다보았다. 일 초, 일 초. 숫자가 변하는 동안 한 번도 눈을 떼지 않았지만, 사장이 말한 '적당히'가 언제인지 알 수가 없었다. 휴대폰도 안 터지는 산중, 아무리 소리를 질러도 들어줄 사람 없는 이곳. 영하 이십 도의 냉동고에서 사람이 버틸 수 있는 시간. 언제쯤 문을 열어야 기만 살짝 죽은 신참이 나올 수 있는 건지.

정확히 시계가 오 분을 지났을 때 구회는 자리에서 일어섰다. 천천히 냉동고 손잡이를 돌렸다. 혹시라도 냉동고에서 나온 신참이 달려들까 봐 몸에 잔뜩 힘이 들어갔다. 그리고 조심스럽게 문을 연 순간, 문에 기대어 있던 신참의 몸이 툭, 바닥에 떨어졌다. 희미한 백열등 아래 보이는 얼굴이 푸르스름하게 얼었고 입술은 검게 변해 있었다. 눈앞에서 쓰러진 사람을 보는 건 처음이었다. 구회는 신참의 코 밑에 손가락을 대보았다. 손이 떨려 아무것도 느낄 수가 없었다. 신참의 가슴을 주먹으로 치고 뺨을 때렸지만 처진 몸은 꼼짝도 하지 않았다. 구회는 사무실로 달려가 급하게 사장의 휴대폰 번호를 눌렀다. 사장은 전화를 받지 않았다. 일일구. 구회는 일일구를 눌렀다. 상황실 요원이 구급차 출동을 알리자, 그는 전화기를 던지듯 내려놓고 저수지 건너편으로 달려갔다. 폐차 직전의 소형차에 올라 시동을 걸었다. 조용한 산중에 엔진소리가 요란하게 울렸다.

집은 비어 있었다. 대문을 열고 익숙한 냄새를 맡자 온몸의 힘이 빠졌다. 어떻게 차를 몰아 성남까지 달려왔는지 아무 생각도 나지 않았다. 구회는 신발을 벗으며 어둠 속을 둘러보았다. 석 달 전 집을 떠날 때 그대로였다. 음식물 썩은 냄새와 함께 라면 봉지가 나뒹굴었고 아무렇게나 뭉쳐 놓은 이불이 구석에 처박혀 있었다. 달라진 게 있다면 냉장고에 붙어 있는 대형 브로마이드였다. 희미한 빛에 어슴푸레 드러난 브로마이드에는 다부진 인상의 작은 소년이 나체의 거인을 향해 달려들고 있었다. 그는 표정 없이 퀭하게 뚫린 거인의 눈을 마주 보다가 화장실 문을 열었다. 전구가 나갔는지 스위치를 눌러도 불이 들어오지 않았고 위태롭게 흔들리던 세면대는 여전히 그대로였다. 그는 어둠 속에서 변기 뚜껑을 열다가 문득 세탁기 안에 있는 작고 노란 무언가를 보았다. 아들의 시계였다. 바지 주머니 속에 있었을 아들의 야광 시계가 더러워진 양말과 뒤엉켜 물에 잠겨 있었다. 구회는 물 속에 손을 넣어 시계를 꺼냈다. 가짜라고 해도 방수가 된다는 말은 거짓말이 아니었던지 시계는 아직도 잘 돌아가고 있었다.

아들이 초등학교를 졸업하던 날, 선물로 사 준 짝퉁 아디다스 시계였다. 아들은 검은 시계판에 야광 시곗바늘이 돌아가는 아디다스 스포츠 시계를 갖고 싶어 했지만, 아내는 야광 시계판에 검은 바늘이 돌아가는 아디대스를 선물했다. 진짜를 사 주지 그래? 애 기죽게. 그의 말에 중학교 가면 학원비가 얼만데? 아내가 눈을 흘기며 대꾸했다. 제법 규모 있는 유통 센터에서 부장님으로 불리며 정규직으로 일을 하고 있을 때였다. 대출이 반이었지만 방 세 칸짜리 빌라도 장만했고, 등기이사로 이름을 올린 뒤에는 사장이 타라고 내 준 자동차도 한 대 있었다. 졸업식을 마친 후 식당에서 돈까스를 먹은 아들은 친구들과 함께 피씨방으로 갔고, 맥주까지 한잔 마신 그와 아내는 제법 먼 길을 힘들지 않게 걸어왔다.

시계의 물기를 닦던 그는 문득, 어둠 속에서 들리는 작은 소리에 손을 멈췄다. 누군가 조심스럽게 현관문을 열고 있었다.

- 누구세요?

- …….

- 용환이냐?

- …….

구회는 화장실 벽에 바짝 붙었다. 신참 단속반원이 떠올랐다. 구급차는 빨리 왔을까. 만약 신참이 죽었다면…… 경찰이 그를 잡으러 오는 건 시간문제일 것이다. 아파트 입구에 서 있던 한 무리의 사람들, 경비실 문을 두드리던 남자. 무심코 지나쳤던 사람들의 모습이 어둠 속에 지나갔다. 구회는 숨을 죽이고 귀를 기울였다. 한참이 지나도 기척이 없자 그는 조심스럽게 화장실 문을 열었다. 순간 밖에 있던 누군가 화장실 문을 발로 걷어차고 밖으로 뛰쳐나갔다. 문에 부딪혀 잠시 휘청이던 구회가 급하게 쫓아갔다. 그를 잡으러 온 경찰이 아닌 것만은 확실했다. 좀도둑. 아니면 아들이 혼자 있다는 걸 알고 해치러 온 누군가. 쿵쾅거리는 소리가 계단을 내려갔다. 구회는 그 소리를 따라 정신없이 달렸다. 일 층 아파트 현관에서 누군가 넘어지는 소리가 들렸다. 구회가 계단을 모두 내려갔을 때 검은 실루엣은 저쪽 주차장으로 달려가고 있었다. 그러나 한 번 넘어진 충격 때문인지 한쪽 다리를 저느라 속도가 많이 줄어 있었다. 앞서 달려가던 검은 실루엣이 가로등 아래에서 모습을 드러냈다. 익숙하고 낯익은 모습. 구회는 달리기를 멈추고 숨을 몰아쉬었다. 절뚝거리며 달려가던 검은 실루엣도 뒤를 돌아보았다. 그리고 멈춰서서 그를 쳐다보았다.

　- 어……, 아버지?

　가까이 다가온 아들이 털썩 주저앉았다. 아이씨, 난 또……. 손등으로 땀을 훔치다가 구회의 발을 쳐다보고 피식 웃었다. 급하게 발에 꿴 슬리퍼는 어디로 사라지고 양말에는 구멍이 나 있었다. 구회는 절뚝거렸던 아들의 다리를 살폈다. 허벅지 한가운데가 검고 축축하게 젖어 있었다. 어른 손 한 뼘만큼 번진 자국은 아물지 못한 상처에서 번져 나오는 피나 진물 같았다. 달리다가 넘어진 것도 저 상처 때문인 모양이었다. 그의 시선을 느낀 아들이 별일 아니라는 듯 엉덩이를 털며 일어섰다. 그 모습을 쳐다보던 그도 양말에 묻은 흙과 검불을 떼어냈다.

　- 왜 도망을 가?

　- 아버지 언제 왔어?

　동시에 튀어나온 질문에 서로 말없이 옷을 털다가 갑자기 생각난 듯 아들이 주머니를 뒤졌다. 아, 핸드폰. 아들이 금세 울상이 되어 앉았던 자리를 빙글 돌았다.

　- 분명히 주머니에 있었는데…… 아, 어디 떨어졌나 봐.

　아들은 그를 피해 달려갔던 곳까지 다시 걸어갔다. 그도 아들을 따라 아파트 계단부터 주차장의 어두운 구석까지 살펴보았다. 하지만 아들의 휴대폰은 보이지 않았다. 밤 열 시였다. 희미한 가로등 불빛으로는 어찌해 볼 수 없는 짙은 어둠이 웅덩이처럼 여기저기 고여 있었다.

- 가, 내일 다시 찾아.

그가 아파트 현관을 눈으로 훑으며 아들을 향해 소리쳤다. 용환아. 그가 다시 아들을 불렀다. 아들은 아파트 마당 한가운데에 서서 우두커니 하늘을 쳐다보고 있었다.

- 뭐 해? 그만 가.

- 아버지.

아들이 손가락으로 허공을 가리켰다.

- 저기…… 집에 불 들어왔어.

구회가 아들의 손가락을 따라 구 층 맨 끝 집을 쳐다보았다. 정말 언제부턴가 집에 불이 켜져 있었다. 일 층, 이 층, 삼 층, 사 층, 오 층, 육 층, 칠 층, 팔 층, 구 층. 분명 그가 사는 구 층이었다. 조금 전 그가 들어갔을 때 집은 비어 있었고 그는 어둠 속을 더듬어 화장실로 들어갔었다. 누가 숨고 말고도 할 수 없는, 창문으로 들어온 한 줌의 빛도 피할 데가 없는 낡고 좁은 원룸아파트였다. 아들을 뒤쫓아 달려 나오느라 대문이 열려 있기는 했을 것이다. 하지만 누가 그 짧은 새에 남의 집에 들어가, 보란 듯이 불까지 켜고……. 그와 아들은 목이 아프게 구 층을 올려보았다. 창문마다 불이 환하게 밝혀졌을 뿐 사람의 그림자는 보이지 않았다.

　―이빠이 학생, 뭐해?

어둠 속에서 아파트 경비가 다가왔다.

　―핸드폰 찾아요. 여기서 떨어뜨렸는데 못 보셨어요?

　―못 봤는데. 이빠이 학생, 오늘도 밤에 애들 데리고 와서 술 마시고 소리 지르고 할 거야?

　―안 그럴 건데요.

　―여기 있는 자전거도 건드리면 안 돼.

　―안 건드릴 건데요.

　―그래……. 아버지신가?

경비가 양말만 신은 구회의 발을 쳐다보며 물었다.

　―예? 아, 예…….

아들이 대답하는 그의 팔을 잡았다.

　―아저씨, 누가 핸드폰 갖고 오면 잘 맡아두세요. 내일 찾으러 갈 거예요.

무언가 할 말이 많아 보이는 경비를 뒤로 하고 아들은 그를 주차장으로 끌고 갔다.

　―이빠이가 뭐야?

　―내가 좋아하는 만화 캐릭터야. 애들이 별명처럼 리바이 리바이 부른 건데 저 아저씨는 그게 진짜 이름인 줄 아나 봐.

　아파트 경비는 아직도 그 자리에 서서 그와 아들을 쳐다보고 있었다.

　- 아씨, 저 아저씨 왜캐 쪼개는 거야? 짜증 나게.

　- …….

　- 이제 어떻게 해?

아들이 아파트를 올려다보며 물었다.

　- 아버지, 빚쟁이들은 다 정리됐다고 하지 않았어?

　- …….

　- 그럼 빚쟁이 말고 또 누가 생긴 거야?

　- 너는…, 누구 없어?

구회가 눈으로 아들의 상처를 가리키자 아들은 신경질적으로 머리를 털었다. 아, 씨발 더워 죽겠는데……. 아들의 한숨 소리를 들으며 그도 냄새나는 작업복 바지와 찢어진 양말을 내려다 보았다. 싸워야 할 빚쟁이든 피해야 할 경찰이든 지금은 마주치고 싶지 않았다.

　- 아버지 돈 좀 있어? 어차피 집에 아무것도 없는데, 일단 뭐 좀 먹자.

　그는 차 문을 열고 뒷자리에 던져놨던 운동화를 찾아 신었다.

　- 애들은 야자 끝나면 다 저런 집으로 들어갈 텐데. 난 참 무섭다, 저렇게 환한 우리 집은.

아들이 창문을 열어 고개를 내밀고 집을 쳐다보았다. 그도 불이 환한 집을 한번 쳐다보고는 차를 몰아 주차장을 빠져나왔다.

주머니에 남은 돈은 만 원짜리 세 장과 천 원짜리 몇 장이 전부였다. 시내로 나온 구회는 첫 번째로 보이는 편의점으로 들어갔다. 컵라면, 김밥, 가루약과 소주. 테이블에 앉아 소주를 들고 아들에게 바지를 걷는 시늉을 해 보였다. 아이 됐어. 이런 데서 쪽팔리게. 아들이 그의 손을 밀어내며 뜨거운 김이 오르는 라면을 한입 가득 우겨 넣었다. 밝은 데서 본 아들은 몇 달 전보다 좀 마르고 검게 그을려 있었다. 한창 자랄 때라서 그런지, 그새 키도 좀 자란 것 같고 울대뼈가 두드러져 제법 남자다운 태가 났다.

- 너, 자전거에도 손대고 그랬어?

- 아니야. 맨날 혼자 있는 거 알고 그 아저씨가 괜히 그러는 거야.

- 다리는 왜 그래?

김밥을 집어 라면 국물에 담그던 아들이 잠시 머뭇거리다가 풀 죽은 목소리로 말했다.

- 그게, 주근이 형이라고 있거든.

- ……

- 처음에는 우리집에서 같이 잠도 자고 밥도 사 주고 좋았는데… 요새 자꾸 더러운 일을 시켜. 오토바이 빌려오라 그러고, 돈 받아오라 그러고. 오늘은 또 누구 좀 패달라고 하잖아. 그래서 싫다고, 못한다고 그랬더니……

- …….

- 안 할 거면 대신 맞으라고 그래서 그냥 좀 맞았거든. 근데 짜증나잖아, 내가 지 노예도 아니고. 그래서 딱 한 방 날렸는데, 그 형이 뒤로 넘어갔어. 대가리 깨진 거 같애.

- 걔 때문에 도망간 거야?

- 애들 끌고 와서 다구리칠까 봐 그러지. 아, 씨발 억울해. 그래 봐야 지도 법자 새끼 똘마니 주제에.

젓가락으로 탁자를 찍어가며 욕을 하면서도 아들은 라면과 김밥을 남김없이 해치웠다. 생수병까지 깨끗하게 비우고 나서도 아직 배가 덜 찼는지 뒤편의 진열대를 두리번거렸다. 그도 남은 국물을 마저 마셨다. 빈속에 맵고 뜨거운 국물이 들어가자 속이 쓰렸다.

빛을 따라 날아온 날벌레들이 창문에 달라붙었다. 브레일 브세 한 키럭 일매일매. 편의점 유리창에 붙여 놓은 글자 아래로 사람들이 보였다. 종종걸음으로 퇴근하는 사람들과 교복을 입은 아이들이 지나갔고, 한잔 거나하게 걸친 중년 남자들이 뒤를 이었다. 웃고 떠드는 사람, 무표정한 얼굴로 천천히 걷는 사람, 화난 표정으로 빠르게 걷는 사람, 빨간색 경차, 일 톤 트럭. 모두 하루를 무사히 보내고 집으로 돌아가는 중이었다. 불과 서너 시간 전만 해도 그는 뙤약볕 아래에서 죽은 물고기를 건져 올리고 있었다. 어두울 때까지 일을 하다가 밥을 먹고 씻고 자면 끝나면 하루였다. 사장이 말한 적당히, 적당히만 잘 알아들었어도. 적당히, 알아서, 눈치껏, 요령껏. 누구에게 물어볼 수도 배울 수도 없었던, 뜻을 알 수 없는 말들. 열심히 일한 시간들은 어디로 가고 남은 건 밀려 있는 월세와 공과금, 아버지의 병원비와 압류된 고향집의 공탁금과…… 시원한 에어컨 바람이 머릿속으로 밀려들자 복잡한 생각들이 한데 뭉쳐지며 머릿속이 부예졌다. 저도 모르게 서서히 눈꺼풀이 내려앉았다. 근데 아버지는 왜 벌써 왔어? 가을까지…… 그만둔 거야? 숙소도…… 잘 나온다며? 컨테이너 구석에 처박아둔 가방과 옷가지. 액정이 깨진 휴대폰. 아직 받지 못한 보름치 일당은……

반쯤 감겼던 눈앞에 크림빵이 들이밀어졌다. 둘로 나뉜 크림빵의 반쪽은 아들의 입으로 들어갔다. 편의점 도어벨이 울렸다. 똑같은 교복을 입은 한 무리의 여학생들이 라면과 과자를 골라 그와 아들 옆으로 다가왔다.

─ 여기 좀 비켜 주시면 안 될까요?

여학생의 말에 그가 일어나 빈 용기와 쓰레기를 주워들었다. 빵 부스러기까지 입속에 털어 넣은 아들이 여학생들을 향해 소리쳤다.

- 미친, 여기가 니들 지정석이야? 표 끊었냐? 전세 냈어?
- 다 먹,었,으,면, 비켜달라는 건데요?
- 아직 다 안 먹었어요. 그러니까 너님들이 그냥 저기서 처드세요.

아들이 창밖의 파라솔을 가리켰다. 여학생들이 입을 비죽거리며 엉거주춤하게 서 있는 그를 쳐다보았다. 어느새 밖으로 나간 편의점 사장이 그와 아들이 앉은 유리창을 향해 물을 뿌렸다. 유리창을 뒤덮었던 날벌레가 순식간에 사라지고 창밖이 훤하게 보였다. 사장이 남은 벌레를 빗자루로 쓸어내며 구회와 아들을 쳐다보았다. 순간, 사장과 눈이 마주친 구회가 서둘러 자리를 정리하고 아들의 어깨를 두드렸다.

- 아니야, 아버지, 우리 자리야. 아직 입속에 있어. 아, 참. 갈 데도 없으면서……

싫다는 아들을 일으켜 편의점을 나왔다.

며칠째 열대야가 계속되고 있었다. 한낮의 태양을 피해 집 안에만 있던 사람들이 밤이 내린 거리로 쏟아져나왔다.

어디를 가도 사람들이 모여 있었다. 강변이 만만했지만 막상 가보니 돗자리를 깔고 누운 사람들 때문에 주차장에 차를 대기도 어려웠다. 그는 차를 몰면서 갈 만한 곳을 생각했다. 가까이에 누나네도 있었고, 고향 친구도 있었다. 그러나 누나는 매형과 사이가 좋지 않았고, 친구는……

야, 너는 알고 있었을 거 아냐? 사장이 몽땅 빼돌리는데 한 개도 몰랐다는 게 말이 되냐? 등기 이사라며, 그래서 그 좋은 월급에 차까지 얹어 받은 거 아니야? 하긴, 어깨에 힘 주고 거드름 피울 때는 좋았겠지. 등기 이사가 뭔지도 모르면서 사장한테 홀딱 넘어가서는. 그러게 등신아, 송충이가 솔잎을 먹었어야지. 우리 같은 놈한테 갈잎 따다 받치는 놈은 송충이 회 쳐 먹는 사기꾼 새끼들인 거야.

십 년이 넘게 일했던 유통 센터는 문을 닫았다. 지점을 내고 사원을 늘리면서 탄탄하게 규모를 키웠지만 주변에 대형 마트가 연달아 생기면서 하루가 다르게 매출이 쪼그라들었다. 눈치 빠른 직원들이 퇴직금까지 챙겨 일찌감치 퇴사를 할 때도 그는 사재를 털어 위기를 넘겠다는 사장의 말을 믿고 자리를 지켰다. 그러나 몇 달 후 돈을 빼돌린 사장은 잠적했고, 모든 부채와 밀린 임금은 임원이랍시고 등기에 이름을 올렸던 이사들에게 돌아왔다. 집을 팔고 대출까지 받았지만 턱도 없는 액수였다. 오랫동안 가족처럼 지냈던 직원들은 순식간에 빚쟁이가 되었다. 그가 취직시켰던 고향 친구 역시 그 빚쟁이 중 하나였다. 직원들은 월급을 내놓으라고, 사장을 찾아내라며 그를 찾아왔다. 멱살을 잡은 악다구니 끝에 함께 부둥켜 우는 날도 있었고, 술과 안줏거리를 사 들고 와서 함께 신세 한탄을 하다가 밀린 월급을 주지 않으면 죽이겠다며 칼을 들고 위협하는 날도 있었다. 빚쟁이들은 구회에 대해서 모르는 게 없는 친구를 앞세워 아버지가 계신 고향집으로, 아내가 일하는 식당과 아이의 학교까지, 그렇게 끊임없이 찾아왔다. 집에 못 들어오겠어. 멀리서 우리 집 창문만 봐도 가슴이 두근거려. 울면서 하소연하던 아내는 피난 가듯 친정으로 갔다. 그리고 떨어져 산 지 이 년 만에 이혼장을 보내왔다.

삼십 분을 헤매다가 도시 외곽의 공원으로 차를 몰았다. 도시를 병풍처럼 둘러싼 산의 중턱을 깎아 만든 공원이었다. 새벽에는 운동을 하고 밤에는 시내를 한눈에 볼 수 있는 전망대에서 야경을 즐기는 곳이었다. 제법 경사가 있고 벌레가 많아 그런지 사람이 별로 없었다. 저쪽 구석에는 밤 운동을 나온 중년 남자가, 이쪽 가로등 밑에는 화투를 치는 할머니 셋이 전부였다. 구회는 불빛이 비치지 않는 곳에 자리를 잡았다. 편의점에서 들고 온 소주를 아들의 상처에 부었다.

- 칼이야?

- 오토바이 키에 찍힌 거야. 그냥 하루 종일 어항에서 죽치는 건데 괜히 나왔어.

- 어항이 뭐야?

- 아 쫌…… 피씨, 피씨방.

화장지로 핏자국을 닦아내자 뺨에 와 닿는 아들의 숨결이 부르르 떨렸다. 구회는 아들의 상처에 입을 대고 후후 바람을 불었다. 아, 입냄새 구려. 아들이 짜증스럽게 다리를 흔들었다. 그는 한 번 더 상처를 소독하고 가루약을 뿌렸다. 아무래도 더운 날씨에 약을 발라서 나을 상처는 아닌 것 같았다. 소독약도 아니고 촌스럽게 소주가 뭐야? 아들이 투덜거리며 재빠르게 바지를 추켜 올렸다.

도시를 이루는 휘황한 불빛이 강물처럼 넘실거렸다. 검푸른 하늘 한구석에는 희미한 빛으로 모습을 드러낸 달이 걸려 있었다. 엊그제 보름달을 본 것 같은데 어느새 살이 부쩍 내려 손톱달이 되어 있었다. 연인으로 보이는 젊은 남녀가 어두운 길을 천천히 걸어 올라왔다. 공원을 잠시 두리번거리다가 어둑한 구석에 돗자리를 폈다. 가로등 밑에서는 한마디 말소리도 없이 딱딱 화투장 붙는 소리만 들렸다.

- 아, 저거 옛날에 우리 집에 있었는데.

아들이 달을 쳐다보며 말했다.

- 달 모양 조명등, 아빠가 공장에서 가져왔잖아. 누르면 색깔이 막 달라지고 그러는 거.

- …….

- 내가 목 아파서 말도 못 할 때, 초록색 누르면 아버지가 아이스크림 사다 주고, 빨간색 누르면 사탕 사다 주고 막 그랬잖아. 나중엔 아프지도 않은데 저거 눌렀다가 들통나서 엄마한테 디지게 욕을……

저도 모르게 엄마 얘기를 꺼낸 아들이 힐끔 그의 눈치를 살폈다.

- 근데, 아버지.

- …….

- 아까 그 사람…… 설마 엄마는 아니겠지?

그는 못 들은 척 말없이 도시를 내려다보았다. 아내가 시골로 내려가고 이혼을 하느라 법원을 들락거리는 동안 아들은 한 번도 엄마를 찾지 않았다. 모든 게 다 끝나고 한참 지난 뒤에 왜 엄마를 따라가지 않았느냐고 그가 물어봤을 때, 오라고 해야 가지……. 아직 중학생이었던 아들은 말끝을 흐리며 고개를 숙였다. 그래도 이혼하고 얼마 동안은 가끔 아들에게 전화도 하고 용돈도 보내던 아내는 이제 소식이 없다. 혹시 재혼이라도 한 건지 궁금할 때도 있지만 굳이 연락을 해 보지는 않았다. 작은 바람에도 눈이 빨개지던 아내가 원했던 건 별 게 아니었다. 남들에게 손가락질 받을 일 없이 착실하게 애들 키우고 살림 일구는 평범한 일상. 겨우겨우 땅바닥에 번져 나오던 지하방의 작은 불빛 같은 아내의 소망을 생각하면 밉고 서운했던 마음들이 천천히 녹아 없어지는 것 같았다.

맨손 체조를 하던 남자가 헛헛 소리를 내며 공원 주변을 돌기 시작했다. 조용히 화투장만 내리치던 할머니들이 남자를 향해 어지럽다며 잔소리를 했다. 그 모습을 보던 아들이 고개를 돌리고 킥킥 웃었다. 어두운 구석에 앉아 있던 젊은 연인이 주섬주섬 자리를 접었다. 그리고 천천히 공원을 살피며 가로등 아래 할머니들에게 다가갔다.

- 할머니, 이거 후라이드 치킨인데요. 저희가 한 팩밖에 안 먹어서요. 하나가 남았는데, 이거 드릴까요?

화투를 치던 할머니들이 고개도 들지 않고 말했다.

- 화투장에 기름 묻어 안 돼.

서로 마주 보고 슬며시 웃던 연인이 이쪽으로 다가왔다. 처다보던 아들이 꿀꺽 침을 삼켰다.

- 학생, 이거 뜯지 않은 새 건데 먹을래?

- 예, 잘 먹겠습니다.

아들은 빼앗다시피 여자의 손에 들린 치킨을 받아들었다.

- 중학생이야?

- 고등학생인데요.

- 그렇구나. 좋겠다, 이렇게 아빠가 같이 산책도 해주시고.

- 아, 네 뭐.

- 그럼 맛있게 먹어.

아들은 급하게 상자를 열었다. 그는 아들이 내민 닭다리를 안주 삼아 미지근해진 소주를 마셨다. 달리기를 마친 남자가 철봉에 매달려 턱걸이를 시작했다.

할머니에게 빌린 전화기를 들고 몇 번이나 통화 버튼을 누르던 아들이 기운 빠진 얼굴로 구회에게 휴대폰을 넘겼다. 구회는 잠시 망설이다가 사장의 번호를 눌렀다. 사장은 전화를 받지 않았다. 사무실에도 없는 모양이었다.

- 내일은 어쩌지? 학교 가야 되는데.

- ······.

- 아, 자퇴 마렵다. 맨날 퇴학시킨다고 겁주는 담탱이 얼굴도 좀 보고 싶고. 어차피 중졸이나 고졸이나.

- 그래도 학교는 다녀야지. 그래야 친구도 있고.

- 학교 밖에는 친구 없겠어? 일 등이 책상에 머리 박는 건 이해가 되는데 삼백 등은 왜 책상에 머릴 박고 있지? 병신 인증인가. 나 원 참.

- ······.

- 아버지. 내가 생각해 봤는데, 애니메이션 공부를 해보면 어떨까?

- ······.

- 애들이 내 그림 보고 미래의 애니메이션계를 뒤집어놓을 야망주래.

- 야망주가 뭐야, 인마.

그는 아들의 뒤통수를 향해 손을 올리다 말고 물끄러미 아들의 옆모습을 처다보았다. 밋밋한 이마 밑으로 쌍거풀 없이 휘어진 눈과 콧등이 볼록한 긴 코. 야리타케레바 야레. 객카와 다레니모 와카라나캇따. 만화 주인공을 흉내 내느라 입을 앙다문 아들의 옆모습은 그를 닮은 것 같기도 하고 아내의 모습이 보이는 것도 같았다. 지방을 돌다가 서너 달에 한 번씩 아들의 얼굴을 마주했을 때, 가끔 전화기로 투정 섞인 아들의 목소리를 들을 때. 언뜻언뜻 그의 얼굴과 목소리가 밴 아들의 모습을 볼 때마다 구회는 당연하지만 신기하고 기쁘지만 서글픈 묘한 감정 때문에 말문이 막히곤 했다.

- 장난 아니고, 만화가는 학교도 상관없고 만화만 잘 그리면 된대. 어떤 만화가는 한 달에 일억도 넘게 번대.

- 사고 치지 말고, 졸업장이나 잘 받아.

뻘쭘해진 손을 바지에 문지르며 구회가 대답했다.

구회와 아들은 말없이 오랫동안 앉아 있었다. 밤이 깊었는지 훨씬 서늘해진 바람이 불었다. 벌레 퇴치기에 와서 부딪히는 벌레들도 줄어 주위가 고요했다. 열심히 운동을 하던 남자도 언젠가부터 보이지 않았고, 아들에게 빌려준 휴대폰에 후라이드 기름이 묻었다고 구시렁거리던 할머니들도 벌써 공원을 나갔다.

ㅡ 아, 또 배고프다. 그 새끼, 진짜 온 거야 만 거야. 아, 씨발 누구야. 어떻게 된 거야.

ㅡ …….

ㅡ 여기서 잘 수도 없고, 갈 데도 없고.

ㅡ …….

ㅡ 집에 가자, 아버지.

대답은 필요 없다는 듯 아들이 비닐봉지를 들고 일어섰다. 구회도 말없이 아들을 따라 일어섰다. 이미 달은 지고 시내에 번져있던 불빛도 잦아들었다. 구회는 세상이 잠들 때를 기다려 낮게 내려앉은 별들을 바라보았다. 손을 내밀면 잡을 수 있을 듯 아주 가까운 곳에서 별들은 반짝이고 있었다. 저렇게 많은 별들이 모두 이름이 있고 제자리가 있다는 게 새삼 신기했다. 그 별들 사이에서 아들이 기지개를 켜고 하품을 했다. 순간 그는 이 장면을 어디선가 본 듯한 기분이 들었다. 어떤 드라마였나 광고였나. 아니면 예전에 한 번 이 공원에 와 보았던가. 기억을 더듬어도 알 수가 없었다. 차에 올라타 시동을 걸었다. 한 시 십오 분. 도무지 믿어지지 않는 어제가 가고 새로운 하루가 시작되었다. 시작을 기억할 수 없는 이상하고 힘든 여행에서 이제 겨우 고향으로 돌아온 기분이었다. 집에 누가 있든 말든 당장은 좀 씻고 자고 싶었다. 아들이 의자에 몸을 묻고 눈을 감았다. 그 모습을 잠시 쳐다보던 구회는 헤드라이트를 켜고 엑셀을 밟았다. 오르막 아니면 내리막뿐인 이 도시. 하지만 지금은 별이 총총한 이 도시에서 구회는 집을 향해 천천히 차를 몰았다.

일과

일과

　지난밤은 유난히 추웠다. 갖고 있던 이불과 외투까지 모두 끌어내 덮었지만, 밤을 견디기 쉽지 않았다. 그나마 새벽녘에 잠깐이라도 눈을 붙일 수 있었던 건 등을 맞대고 누운 아내의 온기 때문이었다.

　- 진우 아빠, 나 쉬.

　그는 굳은 몸을 억지로 일으켜 텔레비전을 켠다. 텔레비전에서 소리 없이 흐른 빛이 잎 넓은 수초처럼 일렁인다. 윤락업소로 쓰던 이 층짜리 쪽방 건물. 세간이래 봐야 가방 두 개와 구석에 쌓인 종이 박스가 전부인 이 방. 이십만 원 월세에 사만 원을 더 내고도 창문 없는 방을 택한 건 누울 자리 한 뼘이 아쉬웠기 때문이었다. 그는 방구석에 놓인 요강을 끌어 아내 앞에 놓아 준다. 뚜껑을 열자 심한 지린내가 코를 찌른다. 한밤중에도 몇 번이나 아내의 오줌을 받아

냈지만 양이 부족한 그것은 요강 바닥에 붉은 얼룩으로 말라 있다. 일 년 전 처음 쪽방에 들어왔을 때, 아내는 화장실까지 가지도 못하고 오줌을 지리곤 했다. 그러나 이제 아내는 오줌을 지리는 일이 없다. 대신 밖으로 나오지 못한 오줌은 풍선처럼 부푼 아내의 몸 안에 서서히 차오른다. 자신의 이름과 나이, 기억까지 모두 물속에 가라앉는다. 아내가 끙 소리를 내며 요강 위에 엉덩이를 걸친다. 한참 만에야 쪼르륵 아쉽도록 가녀린 소리가 들린다.

역에서 출발한 기차가 쪽방촌을 지나간다. 아홉 시 삼십 분, 청량리에서 출발하는 태백행 무궁화호. 그는 태백으로 가는 기차가 하루에 몇 번 있는지, 몇 시에 출발하는지 모두 알고 있다. 텅 빈 객실에 올라섰을 때 얼굴에 와닿던 건조한 공기와 서늘한 유리창, 그의 등에 알맞게 젖혀지던 폭신한 등받이의 느낌까지. 두 달에 한 번, 일이 없는 날이면 저 기차를 타고 태백으로 내려갔다. 어두운 거리를 지나 홀어머니가 기다리는 집으로 들어갔다. 어머니와 둘이 늦은 저녁을 먹고 장지를 열어둔 아랫방에서 텔레비전을 보았다. 가끔 그가 돌아보면 윗방 벽에 기대앉은 어머니는 작은 입을 마른 꽃처럼 벌리고 뭐라고 말을 걸었다. 방안을 울리는 개그맨의 목소리에 그가 웃으면 어머니도 그를 따라 웃다가 잠이 들었다. 어머니가 누운 자리 위로 교회의 붉은 십자

가가 불을 밝혔다. 저녁 예배 시간을 알리는 교회 종소리가
들리면 어머니는 꿈에 홀린 듯 눈을 뜨고 가만히 그를 쳐다
보았다.

광부들이 모여 살던 동네였다. 탄광이 문을 닫고 광부들
이 떠난 동네는 폐허가 되었다. 늘 아들을 기다리던 어머니
는 영원히 그 집에 남았다. 붉은색 십자가가 보이는 창문
아래에서, 애벌레처럼 몸을 둥글게 만 채, 환하고 따뜻했던
이마가 차게 식어 있었다. 상을 치르고도 그는 가끔 태백으
로 내려갔다. 허물어지기 시작한 집도, 어머니가 쓰던 물건
도 그대로 두었다. 개그맨이 나오는 텔레비전을 보고 혼자
웃다가 습관처럼 뒤를 돌아보았다. 벽에 걸린 자주색 스웨
터를 보며 그때 어머니가 하려던 말이 무엇이었을까 생각
했다. 스웨터를 걸었던 못이 떨어지면서 마른 흙먼지가 푸
시시 일었다. 그는 방바닥에 떨어진 못을 찾아 구멍에 힘주
어 박고 스웨터를 다시 걸었다.

기차 소리가 끊기고 한참이 지나도 아내는 요강 위에서
내려오지 않는다. 통통 부은 다리를 긁으며 선반 위에 올려
둔 귤을 쳐다본다. 그는 귤을 까서 아내에게 내민다. 며칠
전 명노가 얻어다 준 귤이었다.

아저씨, 돈 좀 없어요? 아줌마 병에는 황기가 좋다는데,
황기가. 우리 엄마도 신장 때문에 죽었잖아요. 하긴 병이라

도 걸렸으니 병원에서 곱게 죽었지. 안 그랬음, 아버지한
테 개처럼 맞아 죽었을 거예요. 아저씨, 그거 아세요? 아저
씨하고 내 방이 원래 화장실 자리였대요. 아저씨 방이 레이
디, 내 방이 젠틀맨. 아, 씨발 잘라고 누우면 어떤 젠틀맨 새
끼들이 내 면상에 막 오줌을 갈기는 거예요. 아 진짜, 냄새
도 난다니까요. 명노는 술에 취해 들어올 때면 밤이든 새벽
이든 가리지 않고 그의 방문을 두드렸다. 미지근한 국이나
컵라면 따위를 들이밀며 혀 꼬인 소리로 말을 걸었다. 쪽방
에서 나고 쪽방에서 자란 양아치. 지하철에 터를 잡은 소매
치기, 좀도둑. 그는 대꾸하지 않았다. 그리고 명노가 사라지
면 아내 몰래 조심조심 국을 마셨다.

무슨 일인지 명노는 귤 한 봉지를 다 먹도록 보이지 않는
다. 어젯밤에도 늦게까지 기다렸지만, 명노가 들어오는 기
척은 없었다.

마지막 한 조각 남은 귤이 아내의 입속으로 사라지자 그
는 약봉지를 꺼낸다. 쪽방촌 의사는 이제 약은 소용없다고
했다. 만성 신부전으로 뇌병증까지 온 아내에게 남은 건 투
석뿐이라며 진료실 창밖을 가리켰다. 센트럴 타워 한마음
인공 신장 센터. 높고 화려한 빌딩들이 모여 있는 곳이었
다. 외벽을 둘러싼 대형 유리창에 저녁노을이 반사되어 병
원의 모습이 잘 보이지 않았다. 모여 있는 빌딩들은 하나의

거대한 빛 뭉치로 보였고, 그렇게 뿜어낸 강한 햇살이 그에게까지 와닿는 것처럼 느껴졌다. 그리 멀어 보이지 않았다. 빌딩 숲과 쪽방촌 사이에는 역을 지나는 철로뿐이었다. 그러나 어디에도 그곳까지 단번에 이어진 길이 없다는 걸 그는 알고 있었다. 쪽방촌의 깊은 골목을 벗어나 역을 빙 돌아 이리저리 꺾이다가 결국은 제풀에 지쳐 다시 제자리로 돌아오고 마는…… 그 길은 멀고 복잡했다. 그는 매일 밤 남은 약봉지를 세며 그곳까지의 거리를 가늠해 보았다. 제대로 걷지 못하고 아무 데나 오줌을 누어야 하는, 냄새 나는 아내를 위해 개중 빠른 길을 찾아야 했다.

— 그만 인나.

그는 요강 밖으로 물컹하게 비어져 나온 아내의 엉덩이를 툭 친다. 아내가 엉거주춤하게 일어서서 바지를 올린다.

건물은 인기척 없이 조용하다. 복도 양쪽으로 늘어선 방은 모두 열 개였다. 방문은 늘 닫혀 있지만 종잇장처럼 얇은 벽이 옆방의 숨소리까지 전해 주었다. 이불을 뒤집어쓰고 앓는 소리. 조곤조곤 나누던 대화 끝에 바닥을 주먹으로 치며 화를 삭이는 소리. 누군가 전자레인지를 돌리면 따뜻하게 데워진 음식 냄새가 퍼졌고, 또르르 맑은 소주가 컵에 따라지면 달고 시원한 소주가 알싸하게 목구멍을 넘어가는 기분까지 느꼈다. 그리고 소리도 냄새도 없이 오랫동안 열리지 않는 방에서는 개미가 펴져 나왔다. 시체를 먹고 산다는 애집개미였다.

요강을 들고 어두운 복도를 걷던 그가 발을 멈춘다. 창문이 있고 전기 주전자와 미니 냉장고가 있는 방. 김씨의 방문 앞이다. 건물에서 제일 비싼 월세를 내는 김씨는 술에 취해 화장실을 더럽혀도 치우지 않았고, 애인이랍시고 여자를 데리고 올 때도 눈치를 보지 않았다. 그리고 가끔은 방을 비운 새 도둑을 맞았다며 경찰을 불러 달라 소란을 피웠다. 그때마다 조용히 나타난 관리인은 김씨가 여자를 데리고 오는 일을 들먹였다. 세를 더 내지 않고 한 방에 두 명씩 자는 건 불법이라고 했다. 눈에 불을 켜고 난동을 부리던 김씨는 불법이라는 말에 풀이 죽어 문을 닫았다. 사람들은 명노의 짓이라고 수군거렸다. 길에서 주워 온 누더기나 빈 병이 없어져도, 화장실의 수도꼭지가 망가져도, 명노가 없을 때 벌어진 일도 모두 명노의 짓이라고 했다. 방은 비어 있다. 미장일을 하는 김씨는 어제 새벽, 아랫지방으로 내려갔다. 늘 그랬듯이 이삼일은 지나야 돌아올 것이다. 그는 방문 손잡이를 돌려본다. 잠시 망설이다가 요강을 바닥에 내려놓는다. 주머니에 손을 넣는다. 매끈한 칼의 감촉에 가슴이 선득해진다.

- 나 좀 봐요.

그가 흠칫 놀라며 뒤를 돌아본다. 언제부터였는지 쪽방 관리인이 그를 쳐다보고 있다. 여자처럼 카랑카랑한 목소리를 내는 관리인은 이제 막 사십이나 되었을까 싶은 젊은 얼굴이다.

- 뭐하고 섰수?

날카롭게 쏘아보는 눈초리에 그는 얼굴이 달아오른다.

- 돈은 좀 구해 봤수? 보증금 다 까이면 일세로 돌리는 거 알지요? 십이 곱하기 칠, 팔만 사천 원. 계산 맞지요?

관리인이 바닥에 놓인 요강을 발로 툭툭 건드린다.

- 나도 기다릴 만큼 기다렸고, 내일 주인마님 시찰도 나오신다고 하니…… 오늘 안으로 정리해요. 일세를 내든가, 방을 빼든가. 알았지요? 아, 씨팔 이 지린내.

- …….

- 대답 안 해요?

관리인이 목소리를 높이며 요강을 세게 걸어찬다. 조용하던 복도에 요강이 굴러가는 소리가 요란하게 울린다. 그는 자신도 모르게 찌푸렸던 미간을 펴고 관리인을 향해 고개를 숙여보인다. 그제야 한발 물러선 관리인이 계단을 내려간다. 그는 요강을 주워 들고 다시 복도를 걷는다. 숨죽여있던 누군가 또각또각 발톱을 깎기 시작한다.

세면장 문을 연다. 밖에서 들어온 신선한 공기와 환한 빛이 가득하다. 수도꼭지 위에 난 작은 창으로 빛이 스며든다. 결이 곱고 따뜻한 봄빛. 그는 유리창에 바싹 얼굴을 붙이고 밖을 내다본다.

우리도 쫓아갑시다. 훈련소 들어가는 거까지 보고 싶어요, 나는. 입대하는 아들을 배웅하느라 역에 나왔을 때, 힘들게 뒤처져 오던 아내가 입을 열었다. 군대 가는 아들 이렇게 보내면 나는 맘이 아파서 잠도 못 잘 거 같아요. 눈물로 범벅이 된 얼굴을 닦으며 그에게 사정했다. 함께 걷던 아들이 고개를 떨구었다. 아들 없으면 나는 어떻게 살아, 진우 아빠 훈련소까지만 같이 갑시다…… 그는 아들의 어깨를 두드렸다. 오전 중으로 아파트 현장에 도착해야 반나절이라도 일을 할 수 있었다. 그에게 임금을 받지 못한 인부들은 그가 없으면 일을 하지 않고 잡담을 하거나 낮잠을 잤다. 아들이 아내를 부축했던 손을 놓고 돌아섰다. 아직 솜털이 가시지 않은 아들의 귓불이 발갛게 얼어 있었다. 엄마의 병시중과 아르바이트로 하루를 보내던 아들. 늦게 얻은 귀한 아들이라고 생각만 했지, 따뜻한 말 한마디 건네지 못하고 키웠다. 그는 혹시 아들의 친구라도 나와 있을까 싶어 주위를 돌아보았다. 매운 바람에 코끝이 시큰했다.

그 겨울이 오 년 전이었는지 육 년 전이었는지 기억이 나지 않는다. 아들의 휴대폰 번호도, 손꼽아 기다리던 제대일도 모두 잊어버렸다. 멈춘 시계와 고장 난 텔레비전과 어둠이 전부인 방안에서 그는 날을 세지 않았다. 세상 어디에서도 부모를 찾을 수 없게 된 아들이 지금 어떻게 살고 있을지 그는 알 수 없다. 다만, 병든 부모도 빚도 없는 그곳에서 아들을 살게 한 것. 그것이 아들에게 할 수 있는 유일한 부모 노릇이라고 생각했다.

유리창 밖으로 손을 내밀어 본다. 손끝에 감기는 빛이 나긋하고 따사롭다. 아내를 데리고 나가기에 좋은 날씨다. 몸을 웅크리고 수도꼭지를 돌린다. 기다렸다는 듯 얼음처럼 차가운 물이 쏟아진다. 삼월이 되면서 보일러가 멈추었고 온풍기나 온수 전열기도 사라졌다. 쪽방의 봄은 겨울보다 더 견디기 힘들 것이다.

복도 끝 거울 속에서 부연 빛을 등진 남자가 요강을 든 채 그를 향해 걸어온다. 바싹 마른 몸에 구부정한 어깨. 주름이 깊게 패인 홀쭉한 얼굴. 좁은 이마 아래로 깊숙하게 박힌 눈동자는 제빛을 잃어 탁하고 윤기가 없다. 그는 낯이 익기도 하고 낯이 설기도 한 그 얼굴을 무심히 쳐다본다. 쪽방에 들어온 날부터 사람들은 냄새나 말투, 표정까지 비슷하게 닮아갔다. 살아온 날들은 달라도 살아갈 날들은 똑같은 사람들. 겨울이 되면 쪽방으로 들어왔다가 봄이 되면

거리로, 역전으로 나갔다. 어떻게든 살아서 죽지 않으면 다시 쪽방으로 들어오고, 쪽방에서 죽지 않으면 다시 거리로.

그는 방으로 돌아와 요강을 엎어두고 젖은 수건을 벽에 건다. 가방을 열어 아내에게 깨끗한 속옷을 내주고 아껴두었던 두툼한 양말도 신겨준다. 빌라에서 단칸방 전세로, 다시 반지하 월세에서 쪽방으로. 버리고 버리면서 밀리듯 쫓겨 왔지만, 이곳이 끝이 아닌 모양이었다. 밤새 덮었던 외투를 털어 입고 장판을 들춘다. 지폐 몇 장을 잘 접어 주머니에 넣고 방문을 연다.

환한 햇빛에 눈물이 질금댄다. 닫은 눈꺼풀 안쪽으로 붉은 점들이 떠다닌다. 그는 눈물을 닦고 붉은 잔상이 사라질 때까지 기다렸다가 천천히 걷기 시작한다.

햇빛이 귀한 동네였다. 처마가 맞닿을 듯 좁은 골목인데도 햇살이 비집은 틈새마다 곰팡이 핀 세간을 늘어놓았다. 기울어진 담벼락에는 빨래가 널려 있고 그 아래에는 검은 흙이 가득 담긴 스티로폼 박스가 줄지어 있다. 작년에도 여름 내내 상추나 고추가 열려 있던 자리였다. 싱싱한 비린내를 풍기는 검은 흙은 이제 곧 부드럽게 부풀어 작은 씨앗을 품고 길러낼 것이다. 봄에는 싹이 트고 꽃이 핀다. 그는 오래전 기억을 떠올리듯, 걸음을 멈추고 한참 동안 스티로폼 박스를 내려다본다. 등 뒤로 내리쬐는 따스한 햇빛이 몸속까지 퍼지는 것 같다. 그제야 추위에 뻣뻣하게 굳었던 뼈마디가 풀리고 어둠에 젖어 흐릿했던 시력이 선명하게 살아나는 것 같다.

아내는 벽화가 그려진 담벼락 앞에 서 있다. 빛이 바래고 얼룩진 하늘 위로 주둥이가 반쯤 사라진 하얀 새가 날고 있다. 아내가 새의 머리를 쓰다듬는다. 아내이 손이 지나는 곳마다 뿌연 페이트 가루가 날린다.

젊은 아내와 아들이 있고 몸을 누일 집이 있었을 때. 그때는 아내와 단둘이 걸어본 적이 없었다. 화창한 날에는 항상 아스팔트 위에서 일을 했다. 아파트 단지나 도로변에 경계석을 놓고 인도 블록을 까는 게 그의 일이었다. 여름이면 아스팔트를 녹이는 열기가 온몸에 엉겨 붙었다. 물집이 터지고 아문 자리마다 돌처럼 딱딱한 굳은살이 박였다. 새벽에 한 차를 타고 일터로 나온 사람들은 밥때를 제외하고는 아무도 말을 하지 않았다. 이마에서 흐른 땀이 뜨겁게 달궈진 돌에 투둑 떨어지면 그는 아버지를 생각했다. 아버지는 장성 광업소의 채탄부였다. 천 미터 지하, 사방 한 평의 막장에서 탄을 캤다. 일이 끝나 땅 위로 올라오면 책임량을 다 채우지 못해 관리자에게 뺨을 맞고 정강이를 차였다. 사택을 얻어 살림을 늘이는 동안 아버지의 막장은 깊어졌다.

아버지는 늘 술에 취해 잠이 들었다. 새벽에 일을 나갈 때면 술이 덜 깬 부스스한 얼굴로 오늘 밤에라도 이삿짐을 꾸려 고향으로 돌아가겠다고 했다. 푸른 바다가 넓게 펼쳐진 도시. 그곳에서 배를 타는 아버지. 아직 어렸던 그는 상상할 수 없었다. 평생 고향으로 가고 싶다던 아버지는 갱도에 갇혀 죽었다. 그는 아버지처럼 죽지 않기 위해 열심히 일했다. 힘들다고 생각해 본 적은 없었다. 오히려 운이 좋은 축이라고 생각했다. 열심히 산다고 해서 모두가 착한 아들을, 좋은 집을 가질 수 있는 건 아니었다. 그리고 얼마 후 그가 속해 일하던 하청 업체를 인수하고부터는 더 이상 아버지를 생각하지 않았다.

갑자기 어디선가 튀어나온 고양이가 날카롭게 울며 골목을 가로지른다. 놀란 아내가 그에게 다가와 바싹 붙어 선다. 아내의 입에서 독한 지린내가 풍긴다. 빈방 세줌. 보증금 없는 달방. 일세 놓음. 잠만 자는 방. 하룻밤에 사천 원, 지하 만화방. 그는 대문에 써 붙인 종이를 눈여겨본다. 저쪽 골목 끝에서 누군가 빠른 걸음으로 다가온다.

- 두 분이 어디 좋은 데 가시나 봅니다.

쪽방 상담 소장이 손을 들어 아는 체를 한다. 습관처럼 주머니에서 석고 방향제를 꺼내 아내의 손에 쥐어 준다.

- 아주머니 몸은 좀 어떠세요? 좀 다닐 만하세요?

- ······.

- 날 풀린 지 언젠데 아직도 수도관을 못 고쳐서 난리예요. 도대체가 집주인들은 뭘 하는지······

짧은 다리로 종종거리며 지나가던 그가 뭔가 생각났다는 듯 되돌아온다.

- 참, 지난번에 말씀드린 거요, 잊어버리셨나 봐. 그, 그······

태백 어머니 집에 대한 멸실 신고와 아들에 관한 가족관계 단절 소명서. 그는 잊지 않았지만 말하지 않는다.

- 수급비도 얼마 안 되는데 그거 내고 단돈 만 원이라도 더 받으면 좋잖아요.

- ······.

- 점심 식사하러 오실 거지요? 오늘 반찬 좋아요, 꼭 오세요.

말을 마친 소장이 골목 안쪽으로 빠르게 걸어간다. 수급비. 단돈 만 원. 소장의 목소리가 귓가에 맴돈다. 아내가 그에게 석고 방향제를 내민다. 얼굴이 뭉개진 천사가 아내의 손바닥 위에서 기도를 하고 있다. 그는 방향제를 쓰레기 더미 위로 던져 버린다.

담장을 따라 드리워진 그늘이 점점 작아지고 있다. 혼자 걸으면 십분 남짓한 골목을 삼십 분도 넘게 걸어 왔다.

- 오줌 누겠어?

골목 입구가 보였을 때, 그는 아내를 돌아본다.

- 오줌 마려울 것 같으면 여기서 봐.

그가 걸음을 멈추자 아내가 털썩 주저앉는다. 진노랑 겨울 외투에 갇힌 아내의 가슴과 배가 빠르게 오르내린다. 귀 위로 바싹 올려 친 머리 아래로 흥건한 땀이 흘러 두두룩한 목덜미로 스민다.

골목 입구에서 오른쪽으로 꺾으면 쪽방촌을 한 바퀴 돌아 그가 묵던 건물로 향했고, 왼쪽 오르막길은 쪽방 상담소로 이어졌다. 그리고 앞으로 곧장 뻗은 길은 재래시장으로 향하는 길이었다. 시장을 지나면 역이 나올 테고 그 앞으로 얼마쯤 더 가면 인공 신장 센터가 나온다고 했다. 쪽방에 들어온 후 아내는 한 번도 골목 밖을 나가본 적이 없었다. 시끄럽고 번잡한 시장을 잘 지나갈 수 있을지, 아니면 지난번처럼 왼쪽 길로 돌아가서 식권을 받는 게 나을지. 잠시 망설이던 그의 머릿속에 병원에서 보았던 아내의 콩팥이 떠오른다. 오줌을 누지 못해 몸은 붓는다면서 몸속에 있는 그것은 왜 그렇게 쪼그라들었는지. 컴퓨터 화면으로 본 아내의 콩팥은 물도 햇빛도 먹지 못해 까맣게 말라비틀어진 강낭콩처럼 보였다. 그는 아내를 일으켜 세운다. 투석을 한다고 해도 금세 병이 낫는 건 아니지만. 언젠가 마른 씨앗이 흙처럼 바스라져 날리듯, 아내의 콩팥도 영원히 사라지는 날이 오겠지만. 그날이 싹이 트고 꽃이 피는 지금은 아니었으면 좋겠다고 그는 생각한다.

골목을 빠져나오자 넓은 도로가 이어진다. 상가마다 요란한 음악 소리가 울리고 어디론가 향하는 사람들의 발걸음이 분주하다. 버스에서 내린 사람들이 우르르 몰려온다. 그 속에서 방향을 잃은 아내가 우두커니 서 있다. 그는 아내를 잡아끌어 건널목을 건넌다. 지하철역을 돌아 다시 건널목을 지나자, 인도에 길게 늘어선 노점상들이 보인다. 오천 원에 다섯 개씩 묶어 파는 양말과 만 원짜리 가죽 벨트를 지나고 앉은뱅이 의자 사이에 놓인 소주병과 장기판을 지난다. 무표정하던 아내의 얼굴이 화색이 돈다. 입으로는 연신 가쁜 숨을 내쉬면서도 여기저기 놓인 물건을 구경하느라 발걸음이 느려진다. 스킨, 로션, 루즈. 그 옆에는 믹서기나 전동 칼갈이가 돌아가고 있다. 손톱깎이나 가위 따위를 늘어놓은 좌판 위에 은빛으로 빛나는 쇠붙이 하나가 도드라진다. 빅토리 녹스. 방문에는 딴 거 없어요. 이게 만능키예요. 명노가 말했던, 어른 손가락만 한 주머니칼이었다.

쪽방에 아내를 혼자 두고 일을 다녀온 날이었다. 그가 아무리 소리쳐도 아내는 방문을 열지 않았다. 일을 마치고 돌아오던 명노가 어렵지 않게 자물쇠를 열었다. 문을 열자 비릿한 열기가 왈칵 몰려나왔다. 천정의 형광등이 사라져 불을 켤 수 없었다. 관리인 몰래 들여왔던 전기장판과 전자레인지도 사라졌다. 아내는 바닥에 널브러진 채 끙끙 앓고 있었다. 누군가의 주먹으로 얻어맞은 얼굴에 피가 말라붙어 있었다. 그날부터 그는 밤마다 명노를 기다렸다. 느낌이 중요해요, 어차피 보이는 게 아니니까요. 명노가 준 칼로 열심히 느낌을 익혔다. 그리고 아내의 약이 떨어졌을 때 처음으로 남의 방문을 땄다. 그 뒤로도 몇 번 더. 모두 아내의 약이 떨어졌을 때였다.

그는 주머니 속에 손을 넣어 칼을 쥐어본다. 매끈하고 작고 날카로운 칼을 닮은 명노는 이제 없다. 지하철에 터를 잡은 소매치기. 좀도둑. 명노가 사라진 쪽방 건물에서는 누군가 버린 누더기도 빈 병도 함부로 건드릴 수 없다. 명노가 돌아오기 전까지 이 칼을 쓰는 일은 없을 것이다.

한참 동안 좌판을 구경하던 아내가 고개를 들고 두리번거린다. 붉게 달아오른 얼굴로 비척대며 그에게 다가온다.

- 진우 아빠, 나 쉬.

그는 나즈막이 욕을 뱉으며 주위를 두리번거린다. 공용화장실은 시장 안에 있었다. 상가건물이나 좌판 주인이 등

지고 앉은 뒤편 어딘가, 조용하고 어두운 곳이 있을까 눈
으로 뒤져봐도 마땅한 곳이 없다. 어차피 오줌이라고 해봐
야 병아리 눈곱만큼이었다. 차라리 속옷에 지렸으면 싶지
만 아내는 연신 그의 팔을 잡고 흔든다. 그는 시장 옆에 있
는 주차장으로 아내를 끌고 간다. 말이 주차장이지 출입구
도 없고 담도 없는 공터였다. 일렬로 주차된 차들을 살피다
가 제일 구석으로 아내를 들이민다. 녹슨 트럭 옆, 주변에
는 나무 몇 그루뿐이지만 그나마 이쪽은 조용한 주택가 골
목이 붙어 있어 인적이 뜸했다. 아내가 급하게 바지를 내
린다. 외투를 허리까지 끌어올리고 쭈그려 앉는다. 그는 아
내 옆에 선 나무를 쳐다본다. 회갈색 마른 가지마다 겨울눈
이 오종종하게 돋아 있는 나무는 사람 하나 가리기에도 너
무 작고 말랐다. 곧 그의 등 뒤에서 여자들의 슬리퍼 끄는
소리가 들린다. 엄마, 저 사람 똥 싸나 봐. 쓧, 조용히 해야
지. 젊은 여자가 낮은 목소리로 아이를 타이른다. 엄마, 저
사람 머리 안 감았어, 우웩 더러워. 그는 아내를 내려다본
다. 정수리가 휑한 아내의 머리에 나뭇가지의 그림자가 드
리워져 있다. 잠시 조용하던 등 뒤에서 다시 사람들의 발소
리가 들리자 그는 천천히 걸어 주차된 차 사이로 들어간다.
공터 입구를 드나드는 차들이 그의 앞을 지나칠 때는 마치
누군가를 기다리는 듯 일부러 입구를 두리번거리다가 주

위가 조용해지면 조급한 마음으로 아내의 뒷모습을 살핀다. 온몸에 힘을 주느라 빳빳하게 세운 아내의 뒤통수와 목덜미, 그리고 외투 밖으로 드러난 등허리와 엉덩이까지. 햇빛에 드러난 아내의 맨살은 어지럽게 그어진 상처들로 가득하다. 간지러움을 참지 못해 몸을 긁을 때마다 그가 아내의 손을 쳐내고 열심히 약을 발랐는데도 아내의 몸에는 살이 패이고 피가 엉긴 자국들이 선명했다. 그는 단칸방에서 늘 함께였던 아내에게 그가 모르는 상처가 있다는 게 새삼스럽다.

하청 업체를 인수하면서 그는 공사판 인부였을 때보다 더 열심히 일했다. 그러나 하청을 받아 벌인 공사는 하면 할수록 빚이 늘어나는 구조였고, 중고 장비들은 일하는 날보다 정비 공장에 들어가는 날이 더 많았다. 결국 그에게 남은 건 많은 빚과 녹슨 굴삭기, 트럭 한 대뿐이었다. 가진 것을 모두 정리하고 살던 곳을 떠난 이후 일이 없는 그와 몸이 아픈 아내는 하루 종일 단칸방에 붙어 지냈다. 그는 아내의 약과 밥을 챙겼고 가려움 때문에 상처가 생기지 않도록 신경 썼다. 하지만 아내는 그가 보지 못하는 사이에 그가 보지 못하는 곳에서 등 뒤로, 엉덩이로 힘껏 팔을 뻗어 제 몸에 상처를 만들었다. 언제였을까. 그가 알지 못하는 아내의 순간은. 그리고 그 순간, 아내는 보았을까. 빚쟁이에게 멱살을 잡힌 채 경찰서로 끌려다니던, 굴삭기를 헐값에 넘기며 눈두덩이에 손을 얹고 우는 그를. 잠긴 방문을 돌려보며 칼을 꺼내던 남편의 모습을.

아내는 여전히 나무 아래에 앉아 있다. 듬성듬성 비었던 자리마다 차가 들어차고, 입구로 들어온 차가 빈자리를 찾지 못해 빙빙 돌다가 다시 나간다. 그는 아내를 기다린다. 아내의 머리 위에 드리웠던 나뭇가지의 그림자가 사라질 때까지 그는 아내를 기다린다.

점심때가 지나고 있다. 부쩍 늘어난 차들이 차도를 빽빽하게 메웠고 화사한 봄옷을 입은 사람들이 옆을 스쳐 갔다. 그는 외투를 벗어 옆구리에 끼고 시장 안으로 들어간다. 금성라사, 송월타올, 한일미용 총판을 지난다. 시장 구경에 정신이 팔린 아내는 사람들이 미는 대로 이리저리 휩쓸린다. 아내 뒤를 바싹 붙어 걸었지만 이내 그와 아내 사이로 사람들이 밀려든다. 가게와 노점과 사람들 사이로 짐을 실은 수레나 오토바이가 지나간다. 허리 아래를 고무주머니로 감싼 청년이 찬송가를 부르며 앉은뱅이걸음으로 수레를 민다. 잠깐 그가 수레를 피하는 사이 아내가 사라졌다.

파전이나 국수 따위의 요깃거리를 파는 먹거리 장터였다. 아내는 가게 주인이 넓은 무쇠판에 반죽을 올리고 바쁘게 순대를 썰어내는 모습을 꼼짝도 않고 서서 지켜보고 있다. 아내가 먹은 건 아침에 먹은 귤 한 개가 전부였다. 투석을 시작하면 멀건 미음이나 싱거운 계란만 먹어야 할 것이다. 어쩌면 빈 속에 평소 즐겨 먹던 음식이니 이번에는 토하지 않고 넘길 수 있을지도 모른다. 그는 모처럼 장을 보러 나온 여느 부부처럼 아내의 어깨를 잡아 의자에 앉힌다. 아내를 위아래로 훑어보던 주인이 마지못해 국수 두 그릇을 내준다. 숟가락을 든 아내가 천천히 국물을 떠서 입으로 가져간다. 한 번, 두 번. 국물을 넘기고는 김이 오르는 면발을 후후 불며 먹기 시작한다. 고개를 들어 뜨거운 김을 뱉던 아내가 그와 눈이 마주치자 웃는다. 그를 향해 웃었는지, 입을 크게 벌리느라 웃는 것처럼 보였는지 알 수 없다. 갑자기 잊고 있던 허기가 몰려온다. 그는 앞에 놓인 국수를 그릇째 들어 뜨끈한 국물을 마신다. 젓가락으로 국수를 뜨면서 메뉴를 훑어본다. 눈치 빠른 주인이 얼른 소주를 내준다. 입맛을 다시며 소주를 잔에 따랐을 때, 아내가 사레들린 듯 기침을 한다. 옆에 앉은 젊은 남녀가 아내를 쳐다본다. 주인이 혀를 차는 소리가 들린다. 끊이지 않는 기침 소리에 음식을 먹던 사람들도 젓가락을 멈출 때쯤 아내가 급하게 테이블을 밀치며 바닥에 엎드려 구역질을 시작한다. 그 소란에 국수 그릇이 떨어지고 사람들이 의자에서 일어선다.

- 어머, 나 어떡해……

옆에 있던 젊은 여자가 국수 국물에 젖은 치마를 털어내며 울상을 짓는다.

- 아이구 이런… 데진 않았어, 아가씨?

좌판 안쪽에 있던 주인이 앞치마에 손을 닦으며 뛰어나온다.

- 어쩔 거야, 비싼 치마 같은데 이거 어쩔 거냐고?

아내가 바닥을 짚고 끙 소리를 내며 일어선다. 빈속을 게워 내느라 진이 빠진 얼굴이다. 그는 바닥에 떨어진 그릇을 주워 탁자 위에 올려놓고 의자도 바로 세운다. 아내의 신발에 묻은 국수 가닥을 걷어내고 더러워진 옷을 털어준다. 그에게 몸을 맡기고 선 아내가 멍한 눈으로 그를 쳐다본다. 핏발 선 아내의 눈에는 아들이었던 진우도, 남편도 없다. 밥을 챙겨주고 요강을 대주는 진우 아빠만 있을 뿐이다. 남편도 아들도 잊은 아내가 새로 얻은 세상은 어떤 곳인지……. 시간 속에 묻은 기억 어디쯤인지, 닿을 수 없어 꿈꾸기만 했던 어디인지 그는 모른다. 다만 지금 이곳보다는 훨씬 더 나은 세상일 거라고 생각할 뿐이다. 그는 주머니에 있던 지폐를 꺼내 빈 그릇에 던진다. 화장지로 아내의 입을 닦고 더러워진 손도 닦아준다. 투석, 신장 쎈터로 보내주세요. 손바닥의 글씨가 지워지지 않게 조심조심 닦는다.

시장을 지나 청량리역에 도착했다. 역전에 걸린 대형 벽시계는 오후 두 시를 가리키고 있다. 건널목을 건너 역 광장에 들어서면서 그는 주변을 돌아본다. 센트럴 타워 한마음 인공 신장 센터. 역을 지나 조금만 걸어가면 찾을 수 있다던 아내의 병원은 아직 보이지 않는다.

광장 벤치에는 사람들이 종이컵에 소주를 따라 마시고 있다. 한눈에 보기에도 계절에 맞지 않은 옷과 너절한 신발을 신은 노숙자들이었다. 그들은 이미 말갛게 젖은 종이컵을 들어 보이며 웃고 떠든다. 갑자기 둔탁한 소리가 들리면서 도로의 차들이 멈춘다. 교차로를 지나던 택시와 오토바이가 부딪쳤다. 넘어진 오토바이는 뒤따르던 버스 밑으로 들어갔고 쓰러진 청년의 뺨으로 피가 흐른다. 큰 소리에 놀라 걸음을 멈춘 아내가 청년을 쳐다본다. 잠시 멈춰 있던 주변이 어수선해지고 사람들이 몰려든다. 웅성거리는 사람들에게 휩쓸린 아내가 차도로 내려선다. 물러나세요. 제지하는 경찰의 손짓에도 청년을 에워싼 사람들은 움직이지 않는다. 그새 사람들에게 묻힌 아내는 어디에 있는지 보이지 않는다. 멀리서 구급차의 사이렌이 들릴 때 그는 몸을 돌려 역사로 들어간다.

해가 들지 않는 역사는 바깥보다 서늘했다. 기차의 출발을 안내하는 목소리가 들리자 사람들의 발걸음이 빨라진다. 개찰구에서 쏟아지는 사람들을 피해 그는 구석으로 들어간다. 유리창으로 아직도 소란스러운 역전의 모습이 보인다. 구급차가 떠나고, 경찰이 멈춰 선 차들을 향해 수신호를 한다. 사람들은 흩어졌고 노숙자들은 다시 웃고 떠들며 술잔을 든다. 그리고 그 한가운데 아내가 있다. 진노랑색 외투를 입은 아내가 눈이 부신 듯 살짝 찡그린 얼굴로, 미동도 없이 한자리에 서 있다. 찬란하고 따사로운 봄빛이 가는 빗줄기처럼 아내의 몸으로 쏟아진다. 그는 매표소로 향한다. 삽십 분 뒤에 태백행 기차가 출발한다. 매표소의 긴 줄 끝에 서서 그는 뒤를 돌아본다. 빈틈없이 몰려선 사람들이 창문을 가리고 있다. 매표소의 줄이 반으로 줄었을 때 그는 다시 뒤를 돌아본다. 창문을 가렸던 사람들이 역을 빠져나간다. 아내의 모습은 보이지 않는다.

질기게 긴 하루였다. 역에서 나와 한참을 걸었는데도 해가 지지 않았다. 노숙자 쉼터에서 누군가 물병에 몰래 담아 온 소주를 얻었다. 콩나물국에 밥을 말아 먹고 소주 반병을 마셨다. 해가 지고 어둑해져서야 그는 불콰해진 얼굴로 자리에서 일어났다. 골목 입구 쓰레기 더미에서 석고 방향제

두 개를 찾아 주머니에 넣었다. 주둥이를 잃어버린 새는 어디론가 날아가고 제때에 걷지 못한 빨래들만 담장에 널려 있다. 주황색 가로등 불빛에 살아난 그림자들은 허름한 벽에 기대어 오늘 밤을 보내야 할 것이다. 그는 그림자 속으로 섞여 들어간다. 그가 살던 쪽방 건물을 살피며 깊은 어둠이 내릴 때까지 기다린다.

소리 나지 않게 현관문을 연다. 내실의 텔레비전 소리가 크게 울리고 있다. 그는 발소리를 죽여 계단을 오른다. 이층 복도 끝. 부연 빛을 등진 그의 모습이 거울 속에 비친다. 하루 종일, 명주실같이 가늘고 질긴 햇살에 목이 조여 이리저리 끌려다닌 얼굴이 몹시 지쳐 보인다. 방문 손잡이를 돌린다. 차갑게 식은 손잡이는 돌아가지 않는다. 잠시 방문에 귀를 대본 그가 주머니에서 칼을 꺼낸다. 칼날을 뽑아 자물쇠 구멍으로 들이민다. 얇게 휘어진 칼날을 앞뒤로 몇 번 움직이다가 힘주어 오른쪽으로 돌린다. 찰칵. 방문이 열린다.

어둠 속으로 손을 더듬어 텔레비전을 켠다. 가방과 요강이 있던 자리에 관리인이 새로 들인 이불이 비누 냄새를 풍기며 놓여 있다. 역에서부터 그에게 찰싹 붙어 다닌 아내가 방에 들어와서도 앉지 못하고 그의 곁에서 서성거린다. 내일 밤에는 역내 화장실이나 버려진 건물 안에서 신문지를 덮은 채 잠을 자게 될 것이다. 어쩌면 당장 오늘 밤에라도 아내를 끌고 거리로 나가야 할지 모른다. 멀리서 기차 소리가 들린다. 청량리에서 태백으로 가는 마지막 기차. 기차 소리가 점점 더 가깝게 다가온다. 그는 흔들리는 쪽방 벽에 손을 댄다. 곁에 섰던 아내가 그를 따라 벽에 손을 대 본다. 푸르스름한 불빛에 명암이 도드라진 아내의 얼굴은 천진하고 어렸던 아내의 예전 모습이다. 이윽고 작은 쪽방을 흔들던 기차가 멀어진다. 누군가 계단을 올라오는 소리에 그가 텔레비전을 끈다. 흔들리던 벽이 어둠 속으로 사라지고 방문도 사라진다. 아내도 사라지고 그도 사라진다. 멀리 꼬리를 끌고 떠난 기차 소리도 이제 들리지 않는다.

부유층

부유층

1

시끄럽게 돌아가던 통돌이가 멈췄다. 밤 열한 시. 주변이 조용해지자 창을 스치는 바람 소리만 요란했다. 시내를 한참 벗어난 동네였다. 완만한 경사의 오르막길 양옆으로 상가들이 줄지어 섰고, 그 끝에는 약수터와 등산로를 품은 높은 산이 이어져 있었다. 영원의 집은 오르막길 마지막, 오래된 삼 층 상가의 옥탑이었다. 추울 땐 춥고 더울 땐 덥고, 비가 오면 비가 새고, 지나가던 바람도 제집처럼 드나드는 이 집.

— 사 년이나 싸게 살았잖아. 새댁, 요새 같은 때 보증금 일억이 어디 말이나 돼? 동네에서 욕해, 시세 떨군다고. 사천 올려서 일억 사천은 받으라네, 사람들이.

배수관 수리 때문에 연락했을 때는 답도 없던 집주인이

전세 만기를 앞두고는 이틀에 한 번씩 전화를 걸어왔다. 은행 이자가 낮아진 만큼 전세 보증금을 올리겠다는 얘기였다. 집주인의 전화를 받은 그날부터 영원은 부동산 앱, 동네맘 카페, 부동산 시세 블로그를 부지런히 들락거렸다. 그러나 아무리 눈 씻고 찾아봐도 마땅한 전세는 나오지 않았다.

영원은 휴대폰을 내려놓고 빨래를 꺼냈다. 세탁기에서 아이의 티셔츠가 나오자 작은방에 펼쳤던 건조대를 주방으로 옮겼다. 음식물 쓰레기나 배수구 냄새가 밸 테지만 그래도 곰팡이가 핀 벽보다는 나을듯 싶었다.

— 추워?

— 추워.

배준은 안방 침대 위에 걸터앉아 무좀약을 바르고 있었다. 추우면 파자마를 입으라고, 몇 번이나 잔소리를 했지만 배준은 일 년 내내 반 팔 티셔츠에 팬티 바람이었다. 영원은 짜증 섞인 한숨을 내쉬며 보일러 온도 조절기의 버튼을 눌렀다. 오 도, 아니 삼 도만. 가을부터 난방비는 이십만 원을 훌쩍 넘겼다. 난방비로 생활비의 오 분의 일을 쓰고 또 오 분의 일은 교통비, 나머지 오 분의 일은 식비, 그리고 또 오 분의 일과 오 분의 일과…… 일억 사천이라니. 배준의 주식 대출도 아직 남았는데. 이젠 신혼부부 대출도 안 되는데 자꾸 새댁 새댁 하면서.

골짜기를 타고 내려온 산바람이 창문을 두드렸다. 허술한 벽틈이나 창틀 사이를 비집고 들어온 바람은 밤새 이방저방 넘나들며 꿈속까지 휘저어 놓을 터였다. 커튼으로 창을 여미던 영원은 문득 퇴근길에 지나쳤던 빌라를 떠올렸다. 가지가 무성한 나무와 새로 단장한 놀이터가 유난히 예뻐 보이던, 하모니 빌라.

며칠 전부터 영원은 아이를 어린이집에 맡기고 약국으로 출근했다. 새벽에 나가는 배준을 배웅한 뒤, 출근 준비를 하고 아이를 깨워 급하게 밥을 먹였다. 아직 잠도 덜 깬 아이를 데리고 뛰다시피 내려가 사거리에 도착하면 노란색 어린이집 승합차가 깜빡이를 켠 채 아이를 기다리고 있었다. 이제 두 살이 된 아이는 엄마 손을 놓치지 않으려 안간힘을 쓰며 바락바락 소리 질렀다. 선생님 손에 이끌려 차에 올라서도 눈물범벅으로 유리창을 때리며 엄마를 불렀다. 시내의 어린이집에 도착할 때까지 사십 분 동안, 아이는 온 힘을 다해 운다고 했다. 그래도 친구들 만나면 잘 놀아요, 걱정 마세요. 선생님은 말했지만 일하는 내내 아이의 울음소리가 머릿속을 떠나지 않았다.

오늘도 아이는 혼자 복도에 나와 있었다. 하루 종일 통통

부은 눈으로 엄마를 기다렸을 아이는 영원을 보자마자 목덜미를 끌어안고 잠시도 떨어지려 하지 않았다.

　영원은 아이를 업고 마을버스 정류장으로 향했다. 대로를 따라 걷는 게 가장 빠른 길이었지만 영원은 매번 신호등을 두 번이나 건너 한적한 주택가를 가로지르는 길을 선택했다. 좁은 도로를 사이에 두고 고만고만한 가게와 단독주택, 낮은 빌라들이 들어선 동네. 박모의 시간이 되면 직선의 경계는 모두 허물어지고 형체 없이 번지는 저녁 불빛만이 거리를 메웠다. 유리창에 김이 서린 세탁소, 동네 노인들이 모여 난로를 쬐고 있는 작은 슈퍼마켓, 작업복 차림의 남자들이 반주를 곁들여 저녁을 먹는 허름한 식당. 하모니 빌라는 그 맞은편에 있었다. 입구를 비추는 가로등 하나 없이 인도를 면하고 선 오 층짜리 빌라. 화단에는 물기를 잔뜩 머금은 검은 흙이 부풀어 있었고 밑동이 굵은 나무 몇 그루가 놀이터 주변을 담처럼 에워싸고 있었다. 베란다 창마다 노란 불빛이 환했다. 영원은 그 빛에 의지해 업은 아이를 추슬렀다. 아이의 손에 잡힌 머리카락을 빼내고 가방을 걸었던 손목을 주물렀다. 빌라 일 층 창문에 검은 그림자가 어른거리며 두런두런 말소리가 들렸다. 서로를 부르고, 방문을 여닫고 의자를 끌고 그릇을 부딪는. 노란 유리창에 걸러진 저녁의 소리는 각각의 맵시들이 실타래처럼 하나로 뭉쳐져, 둥글고 부드럽게 귓가에 와닿았다. 어깨를 펴고 숨을 크게 들이쉬었을 때 어디선가 시큼하고 매운 김치찌개 냄새가 풍겼다. 새벽부터 쉼 없이 움직였던 몸에 긴장이 풀리고 허기가 몰려왔다.

- 어린이집도 가깝고 지하철역도 가까워, 빨리 걸으면 한 십 분쯤?

- …….

- 시내라 그런지 벌써 바람이 달라.

- …….

- 그 동네로 알아볼까?

- 턱도 없을 걸. 시내로 들어가는 건데.

시큰둥하게 대답한 배준은 침대에 눕자마자 약하게 코를 골며 잠이 들었다. 아무리 보일러를 돌리고 두꺼운 이불을 뒤집어써도 아침에 일어날 때면 코끝이 시큰하고 머리가 서늘하다고. 그래서 자도 잔 것 같지 않다고 배준은 투덜거렸다. 피곤한 배준의 잠은 얕고 길어졌다. 아침 저녁 회사를 오가는 버스 안에서도 잠을 자느라 전화를 받지 못했고, 늦은 저녁을 먹는 밥상에서 애를 안고 꾸벅꾸벅 졸기도 했다. 영원은 배준이 머리끝까지 올려 덮은 이불을 살짝 내렸다. 어둠 속 희미한 스탠드에 비친 배준의 얼굴은 나무로 깎은 듯 각지고 메말라 보였다. 영원은 배준의 손을 끌어 가슴 위에 올려놓았다. 따뜻한 온기가 묵직하게 느껴지자 사나운 바람도 좀 잠잠해지는 것 같았다.

2

집주인이 전세를 내놓자 기다렸다는 듯 사람들이 집을 보러 왔다. 제일 처음으로 집을 보러 온 사람은 나이 많은 할머니였다. 오월에도 철 지난 겨울옷을 걸친 할머니는 거친 숨을 내쉬며 옥상에 주저앉았다.

– 뭔 계단이 이렇게 턱이 높아? 옥상 난간도 너무 낮은 거 아니야? 우리 애기가 위험할 것 같은데.

할머니가 휴대폰을 꺼내 '우리 애기'의 사진을 보여주자, 중개인이 반려견은 안 된다며 할머니를 일으켜 세웠다. 주말에 오겠다던 어린 부부는 전세 대출이 어렵다는 이유로 약속을 취소했고 밤늦게 집을 보러왔던 중년 여자는 녹슨 현관문과 비가 새는 창틀을 유심히 살폈다.

– 얼룩이 있네요. 비가 많이 새나 봐요. 창틀도 다 뒤틀렸는데……

장마가 끝날 때마다 실리콘으로 덧바르고 부분 도배도 했다고. 내 집도 아닌데 내 돈 들여 창틀까지 바꿀 수는 없지 않느냐고. 영원은 대답하면서도 마치 게으르고 무책임

한 사람이 된 것처럼 얼굴이 홧홧하게 달아올랐다. 얘기를 전해 들은 집주인이 영원에게 전화를 걸어왔다.

- 아니 그런 것도 안 고치고 살았어? 관리를 잘했어야지. 내가 그랬잖아, 내 집처럼 아끼고 살뜰하게 건사해 달라고. 그래서 전세도 싸게 준 건데…… 새댁, 어차피 살면서 망가진 건 다 세입자 책임인 거 알지?

오늘 집을 보러 온 사람은 이십 대로 보이는 젊은 남자였다. 작고 마른 몸에 택배 회사 로고가 박힌 조끼를 입고 있었다. 영원에게 매실 주스를 건네받는 남자의 팔뚝에는 검은색 타투가 그려져 있었다. 채색이나 명암도 없이 단순하게 선으로만 그려진 닻. 주먹만 한 화상 흉터 위에 덧그린 닻은 흉터의 요철 때문인지 장난감처럼 가볍고 엉성해 보였다. 함께 온 중개인이 옥상 저편을 가리켰다.

- 하, 참…… 전망 하나는 끝내준다. 이렇게 앞이 탁 트였잖아. 해 잘 들지 바람 잘 통하지. 친구들 불러서 돗자리 피고 고기나 구우면 술집이고 커피집이고 갈 거 뭐 있어?

- …….

- 여름에 비라도 부슬부슬 내려주면,

- 비 샐 걱정은 없겠네요.

옆에 선 남자가 심드렁하게 대꾸했다.

- 반지하 살아요, 저쪽에서.

영원은 남자의 시선이 가리키는 방향을 바라보았다. 반지하라면 단독주택이 몰려 있는 이 근처일 텐데. 남자의 시선은 더 멀리, 부옇게 보이는 시내, 그보다 더 먼 곳을 향해 있었다. 남자가 아직 얼음도 녹지 않은 컵을 내밀며 영원에게 말했다.

─ 택배차를 몰아야 해서요, 박카스만 마셔도 취하는 체질이라……. 혹시 화장실 좀 써도 될까요?

일주일쯤 지나 남자는 계약을 했다며 다시 찾아왔다. 철판을 긁는 듯한 요란한 트럭 소리가 난 뒤 급하게 계단을 올라온 남자는 작은 테이블과 의자를 들고 있었다.

─ 제가 짐이 별로 없어서요, 택배차로 지나갈 때마다 조금씩 옮기려구요. 집주인한테 말은 했어요.

영원이 현관 옆 보일러실 문을 열었다. 죽은 화분과 잡동사니로 꽉 찬 공간에 억지로 자리를 만들었다. 남자가 값싸고 약해 보이는 테이블을 구석에 들여놓고 의자 두 개를 거꾸로 세워 얹었다. 하늘로 솟은 의자 다리마다 고급스러운 천에 박음질로 장식한 예쁜 다리 커버가 끼워져있었다. 다리 커버 하나도 공들여 고른 섬세한 이는 누구일까. 영원이 눈여겨보는 새 남자는 서둘러 계단을 내려갔다.

3

그날 저녁 영원은 옥상에 돗자리를 폈다. 냉장고에서 삼겹살을 꺼내고 쌈 채소를 씻어 물기를 뺐다. 저녁상을 차려놓고 차게 식힌 맥주를 꺼내 컵에 따랐다. 하얀 거품이 넘칠 듯 부풀어 오르다 꺼지는 걸 보며 배준을 기다렸다. 회사에서 퇴근한 배준은 한 시간 동안 지하철을 타고 서울을 벗어난 뒤 다시 마을버스를 타고 이십 분을 달려야 집에 도착할 수 있었다. 지하철과 버스에 있는 시간은 한 시간 반이지만 정류장까지 걷는 시간과 배차를 기다리는 시간을 더하면…… 러닝 타임 두 시간짜리 도미노 블록. 일이 분 차이로 버스를 놓치거나 길이라도 막히면 퇴근길은 두 시간 반, 세 시간으로 하염없이 늘어났다.

— 하, 참…… 전망 하나는 끝내준다. 이렇게 앞이 탁 트였잖아. 해 잘 들지 바람 잘 통하지. 친구들 불러서 돗자리 피고 고기나 구우면 술집이고 커피집이고 갈 거 뭐 있어?

중개인의 말이 아니더라도 이 집에서 제일 마음에 들었던 건 전망 좋은 옥상이었다. 하지만 영원은 옥상에서 친구를 부른 적도 고기를 구운 적도 없었다. 봄에는 미세 먼지, 여름에는 장마. 게다가 아래층 가게에서 수시로 올라오는 남자들 때문에 현관문도 열어두지 못할 때가 많았다. 그래도 사 년이나 살았는데 한 번쯤은……. 하지만 아무리 생각해도 옥상에 돗자리를 펴거나 밥을 먹은 기억은 없었다. 좁은 유모차에서 몸을 웅크린 아이가 하품을 했다. 영원은 맥주잔을 들고 일어서서 천천히 유모차를 밀었다.

인적이 뜸한 동네의 밤 풍경은 정지화면처럼 적막했다. 풀 한 포기 심을 마당도 없이 빽빽하게 들어선 집들은 아직 불도 밝히지 못한 채 주인을 기다리고 있었다. 모두 시내에 있는 학교에, 회사에, 밥집에, 술집에 있는 모양이라고 생각했다. 그리고 그 생각 끝에는 영원이 오래전에 다녔던 회사, 학교, 나고 자란 동네가 떠올랐다. 나뭇잎의 잎맥처럼 사이사이로 퍼진 골목길. 단골 가게, 친구네 집, 학원, 그리고 도서관.

제법 규모가 컸던 도서관에는 어린이 놀이 체험관으로 이름 붙인 작은 과학관이 있었다. 사서의 눈밖에 벗어나 있던 그 과학관은 동네 아이들의 조용한 놀이터였다. 영원도 어렸을 때는 휴일을 맞은 아빠나 언니의 손을 잡고, 좀 더 커서는 친구들과 몰래 과자를 숨긴 채 과학관을 드나들었다. 그리고 그곳에서의 마지막 추억은 배준과 함께였다.

결혼 전, 하루 종일 함께 있어도 헤어지기 아쉬워 집 주변을 빙빙 돌다가 더 이상 갈 곳이 없을 때는 으레 그 과학관에 들렀다. 플라스틱으로 조악하게 만든 인체의 장기와

칠이 벗겨진 공룡 뼈. 이제는 낡고 허름해진 그곳은 가끔 더위를 식히는 노인들이 찾아올 뿐 대부분 텅 비어 있었다.

- 어디가 놀이고, 어디가 체험관이야.

배준의 말처럼 할 것도 볼 것도 없는 그곳에서 영원은 유일하게 작동이 가능한 태양계 버튼을 눌렀다. 어둑한 벽면이 환해지면서 태양계가 움직이기 시작했다. 수성, 금성, 지구…… 차례대로 불이 켜지며 태양을 돌던 행성은 여덟 번째에서 끝났다. 아홉 번째 자리에 있던 행성은 어디론가 사라지고 빈 궤도만 먼지를 뒤집어쓰고 남아 있었다. 배준이 다시 버튼을 누르며 말했다.

- 사람들 야박하네. 작다고 밀어내더니 아예 없애버렸어.

- …….

영원은 빈 궤도의 주인이었던 명왕성을 기억했다. 태양에서 가장 멀리 떨어져 있다는 감회색의 작은 행성. 그 행성의 지하에는 명왕이 산다고 했다. 명왕이 내뿜는 얼음 숨에 행성의 안개도, 구름도 모두 얼음으로 변해 버렸다고. 그러나 명왕성 한가운데 박혀 있는 사람의 심장만큼은 명왕의 얼음 숨도 닿지 못해, 명왕성 하트 밑에는 차고 푸른 바다가 일렁인다고. 문득 어깨를 감싸는 따사로움에 영원은 고개를 돌렸다. 언제부터였는지 배준이 영원을 쳐다보고 있었다. 가까이 다가온 배준의 눈은 우주처럼 깊고 어두왔다. 영원은 끝없는 우주에서 궤도를 이탈한 채 떠도는 작은 행성을 찾았다. 어둠 속을 부유하는 감회색 행성. 행성이 간직한 하트, 그 하트 속에서 푸르게 일렁이는 바다. 영원은 그 바다를 보고 싶어 눈을 감았다. 곧 뺨을 스치는 배준의 숨결이 느껴졌다.

그때 서울을 떠나지 않았더라면. 아이를 키우면서도 다닐 만큼 좋은 직장을 구했더라면. 배준의 주식이 그렇게 꺼지지 않았더라면. 서울에서 경기도 변두리까지, 네 번이나 거쳐 왔던 셋집이 떠올랐다. 영원은 과거에 사로잡혀 울적해졌다. 영원을 만들었던 시간과 마음, 돈까지, 모두 헐거워지는 느낌이었다.

삼겹살이 녹으며 붉은 핏물이 돗자리에 스몄다. 후텁지근한 밤바람에 비 내음이 섞였고, 날벌레들이 현관등으로 몰려들었다. 열 시. 배준은 전화를 받지 않았다. 간발의 차이로 어긋난 도미노 블록 사이에서 꾸벅꾸벅 졸고 있는 배준을 상상하며 돗자리를 걷었다.

4

살던 집이 빠지자 마음이 조급해졌다. 인터넷에는 날마다 전세 매물이 새롭게 올라왔지만 대부분 광각 렌즈나 필

터로 가공한 사진이었고 그것조차 허위 매물이 대부분이었
다. 중개업소를 통해 둘러본 집도 상태가 웬만한가 싶으면
동네가 외졌고, 교통이 좋다 싶으면 반지하였다. 결국 이
동네의 또 다른 옥탑으로 가야 하나 싶어 맥이 빠졌을 때쯤
대기를 걸어두었던 중개업소에서 전화가 왔다. 시내에 있
는 빌라라고, 한 번 유찰된 경매 물건이라고 했다.

 - 경매라도 가격이……

 - 이것저것 다 합치면 원하시는 전세가에 쬐끔 더 얹
는 정도?

 - 대출이 잘 나올까요?

 - 경매는 대출이 잘 나오는 편이에요. 그리고 같이 버시
잖아요.

장마철이 다가오면서 끈적한 습기로 후텁지근한 날이 이
어졌다. 영원은 목덜미에 흐르는 땀을 훔쳐냈다. 전세만 생
각했지 집을 살 궁리는 해본 적도 없어서 망설여졌다. 하지
만…… 집주인 눈치 안 보고 이사 걱정 없는 내 집. 그것도
목 좋은 시내에 있는 집이라면. 늘어난 대출에 생활은 더
어렵겠지만 얼마든지 감수할 수 있다고. 생활비를 줄이든
부업을 뛰든 뭐든지 해서 기회를 잡자고. 그렇게 마음먹었
다. 수첩으로 연신 부채질을 하던 중개인이 발을 멈추었다.
시간이 멈춘 듯 오래된 가게와 낮은 빌라들이 길게 늘어선

동네. 퇴근길에 지나치던 그 동네였다. 어린이집도 걸어 갈 수 있고 지하철도 가깝고 큰 시장도 있는. 영원은 반가운 마음으로 주소를 확인했다. 효신 빌라 C동 101호.

- 계세요? 어르신, 부동산입니다.

빼꼼하게 열린 현관문을 잡아당기자 오래 묵힌 장 냄새가 후끈한 열기와 함께 밀려 나왔다. 현관 왼편으로 욕실과 주방, 맞은편에는 작은방이 있고 제일 안쪽으로 큰 방이 있는 구조였다. 중개인을 따라 집안으로 들어서려던 영원은 잠시 머뭇거렸다. 종이박스나 유리병, 망가진 벽시계나 전기밥솥 같은 것들. 발을 어디에 디뎌야 할지 모를 정도로 좁은 주방에는 망가진 물건들과 쓰레기가 가득했다. 큰방에는 유행이 지난 구식 장식장이 한쪽 벽면을 차지하고 있었고 그 안에는 사단 짜리 대형 전축과 노랗고 탁한 양주가 가득했다. 문짝이 떨어져 나간 자개장, 성인 남자가 쓸법한 운동기구들. 그 한가운데 너절한 소파 위에서 솜이불을 뒤집어쓴 할머니가 누워 있었다.

- 어르신, 좀 어떠세요? 괜찮으세요?

- ……

- 저 누군지 알아보시겠지요?

할머니는 초점 없는 눈빛으로 중개인을 가만히 쳐다보다가 다시 눈을 감았다. 중개인이 땀을 훔치며 영원에게 둘러

보라고 눈짓했다.

영원은 싱크대의 배수관을 확인하고 욕실을 살폈다. 대낮에도 어둑한 욕실은 환기창이 없어 물비린내가 심했고 스위치를 눌러도 불이 켜지지 않았다. 그나마 작은방은 좀 나아 보였다. 아이 혼자 쓰기에 맞춤한 크기에 퀴퀴한 냄새나 곰팡이 흔적도 없이 깨끗했다. 아이의 낙서가 무늬처럼 새겨진 파란 벽지, 세트로 맞춘 원목 옷장과 책상. 창문 아래에는 안방 전축에서 떼어왔을 대형 스피커가 가로로 누워 있었고 방주인의 작은 발에 닳고 닳은 표면이 하얗게 바래 있었다. 영원은 스피커 앞으로 다가가 창밖을 내다보았다. 아무것도 없는 공터였지만 보는 것만으로도 한결 시원하게 느껴졌다.

이 집 손주구나, 학교 다녀왔어? 언제부터였는지 현관에서 작은 남자아이가 영원과 중개인을 쳐다보고 있었다. 초등학교 일 학년이나 되었을까. 아이는 낯선 사람과 눈이 마주치자 함께 들어온 옆집 할머니의 등 뒤로 조촘조촘 숨어들었다.

― 손 씻고 니 할매 죽그릇 좀 찾아봐.

옆집 할머니가 아이의 등에서 가방을 벗겨냈다. 아이는 영원을 곁눈질하며 욕실 문을 열고 스위치를 주먹으로 때렸다. 고장 난 줄 알았던 욕실 전등에 불이 들어왔다. 옆집 할머니가 냉랭한 표정으로 영원을 향해 돌아섰다.

- 또 집 보러 오셨나 봐?

- …….

- 애기 엄마, 들어 봐요. 저 할매가 여기서 평생 살았어. 어린 나이에 혼자 돼서 이 집서 아들 장가보내고 손주 키우고, 여태 살았단 말이야. 그런데 이제 칠십 다 되어 몸은 아프고 아들은 죽고 며느리는 도망갔는데, 여기서 나가래. 어디로 가야 돼? 세상천지 의지할 데도 없는 할매가 어디로 가냐고.

중개인이 한숨을 내쉬며 말을 잘랐다.

- 어르신, 이런 얘기가 무슨 소용이 있어요.

- 아니, 사람 사는 도리가 그렇잖아. 저 할매 아들 죽은 지 얼마나 됐다고 이 난리야? 애기 엄마도 사람이고, 저 할매도 사람인데, 사람 사는 세상에서 돈 많으면 막 이래도 되는 거야?

- 돈이 많다고 이러는 게 아니라 법이 그런 거예요. 결국은 다 법대로 되는 거예요.

- 사람 위에 돈 있고 돈 위에 법 있다, 이거야? 법도 모르고 돈도 없는 건 죽어도 된다, 이거지?

방에 들어갔던 아이가 빈 죽그릇을 들고 문턱에 서 있었다. 어지러운 방안에서 어떻게 선풍기를 찾았는지 후텁지근한 바람이 느껴졌다. 아이는 말다툼을 벌이는 어른들과는 상관없이, 현관문으로 고개를 들이민 아이들을 쳐다보고 있었다. 영원과 중개인을 보고 망설이던 아이들은 아이의 손짓에 우르르 몰려 큰 방으로 들어갔다. 집 안은 텔레비전 소리와 아이들의 웃고 떠드는 소리로 금세 요란해졌다.

 - 애기 엄마, 똑똑히 들어. 저 늙은이 여기서 죽어야 나가지 그냥은 못 나가. 내가 그 꼴 볼 것 같아? 법이든 돈이든 한 번 맘대로 해봐. 그날이 송장 치우는 날이니까.

 - …….

 - 니들 학원 안 가니?

열린 문으로 젊은 여자가 아이스크림과 빈 병을 들고 들어왔다. 이미 이런 상황이 익숙한 듯 여자는 개의치 않고 빈 병을 할머니에게 내밀고는 곧장 아이들이 있는 방으로 들어갔다. 할머니가 깨끗하게 씻은 빈 병을 차곡차곡 자루에 담았다.

중개인과 영원은 쫓기듯 빌라를 나왔다. 불꽃 귀신의 화염낫! 결계를 쳐야 해, 결계! 또 오기만 해봐, 면상에 똥물을 콱 뿌려버릴라니까. 아이들과 할머니의 목소리가 문밖까지 따라왔다. 온몸이 땀과 냄새에 절어 있었다. 어디라도 들어가 시원한 바람을 맞고 싶었지만 점심시간이 끝나가고 있었다. 전화 드릴게요. 중개인이 지친 표정으로 건조하게 말했다. 영원은 서둘러 약국으로 향했다.

5

카톡. 영원은 카톡 알림 소리에 눈을 떴다.

- 미안.

배준의 카톡이었다. 어젯밤, 배준은 회식이 늦어져 막차를 놓쳤다고 근처 형네 집에서 자겠다며 전화를 끊었다. 이제 곧 출근 시간인데. 새벽까지 잠도 안 자고, 미안이라니. 순간 창문이 환해지며 번개가 지나갔다. 영원은 얼른 아이 곁으로 다가가 아이의 귀를 막았다. 축축하게 젖은 아이의 머리에서 시큼한 땀 냄새가 났다. 곧이어 천둥이 울리고 세찬 빗줄기가 쏟아지기 시작했다. 장마가 시작된 모양이었다. 영원은 옷을 걸치고 옥상으로 나갔다. 현관등을 켜고 옥상 구석에 쪼그리고 앉아 우수관을 손으로 더듬었다. 우수관이 막히면 빗물이 바닥에 고이다가 집 안까지 밀려 들어올 터였다.

옥상 아래, 낮게 웅크린 집들 사이로 드문드문 빛이 새어 나왔다. 마치 웅덩이에 고인 물이 흘러넘치듯 슬며시 땅 위로 번져 나온 빛은 주변으로 스며들어 빠르게 사라졌다.

- 입찰만 잘 보면 전세보다 낫지요. 아시잖아요, 시내 전

세가 얼만지. 우리가 입찰부터 시작해서 대출까지 다 알아
봐 드리는 거니까, 그런 건 신경 쓸 필요 없구. 인테리어 잘
해 놓고 몇 년 살다 보면 집값 오를 테고, 그럼 그때 팔고
대출 또 얹어서 아파트로 들어가면 되는 거지. 다들 그렇게
집주인 되는 거예요. 명도? 그 정도 수고 없이 어떻게 집주
인이 되나…… 남들은 영끌까지 한다는데.

집을 보고 온 뒤부터 영원은 몇 번이나 상상했다. 되도록
쉽고 단순하게. 법원에 가서 입찰 보증금을 써내고 은행에
대출 신청을 한 뒤에 명도 소송장을 대문에 붙였다. 누워있
는 할머니에게 사정을 말하고 빈 병과 박스는 재활용 쓰레
기장에, 아이의 책상과 옷장은 딱지를 붙여 마당에 내놓았
다. 그리고 집에 남아 있는 마지막, 할머니와 아이. 상상 속
의 영원은 주민센터에 전화했다. 요양원에서 나온 직원이
소파의 이불을 걷어내고 할머니를 들것으로 옮겼다. 새처
럼 작고 가벼운 몸이 방문을 넘었다. 그리고 작은방을 지나
쳐 대문으로 나가려 할 때, 울기만 하던 아이가 달려와 할
머니의 손을 잡았다. 할머니가 건강해질 때까지만 떨어져
지내는 거라고 달래도 보고 다그쳐도 보았지만, 아이는 할
머니를 잡은 손에 온 힘을 주면서 바락바락 소리를 지르고
발버둥을 쳤다.

여기까지 생각하면 영원의 손에는 땀이 고였다. 온 몸으

로 울던 아이의 울음소리가 귀에 울렸고 아이의 손에 제 손이 잡혔던 것처럼 손가락 마디가 저리고 아팠다. 그래서 아이와 할머니가 사라진 집에 배준과 영원과 아이가 들어가는 다음 장면은 상상할 수가 없었다.

우수관에서 걷어낸 쓰레기를 들고 보일러실 문을 열었다. 문턱이 없는 탓에 바닥으로 물기가 스며들고 있었다. 죽은 화분에 쓰레기를 버리고 잡동사니 박스를 집 안으로 들여놓았다. 남자의 테이블과 의자도 주방으로 옮겼다. 안방으로 들어가 틈이 벌어진 창틀에 마른 수건을 대놓고 서랍장과 화장대를 벽에서 떼어냈다. 뒤척이는 아이를 제대로 눕힌 뒤 침대에 누웠다. 거센 빗소리에 잠이 오지 않았다. 영원은 휴대폰을 열었다. 미안. 배준의 카톡을 보며 답장을 생각했다. 미안할 것 같으면 술은 좀 작작 마셔. 멀리 사는 직원은 회식 좀 빼달라고 하든지. 서울에 계속 살았으면 좋았을걸. 그러게 주식은 뭐 하러 했어. 하긴 월급만으로 살아지는 세상이 아니니까. 영원은 옆에 누운 아이를 쳐다보았다. 아이가 학교에 들어가면 이사도 쉽지 않다는데. 어떻게 해야 할까. 더 많이 일하고 더 많이 아껴쓰면 나아질까…… 영원은 휴대폰을 닫았다. 곤히 자는 아이의 손가락을 만지작거리며 아침을 기다렸다.

6

한낮의 마을버스는 한산했다. 주말마다 산행을 즐기기 위해 이 동네를 찾던 사람들은 장마가 시작되면서 점점 뜸해졌다. 토요일 오전 근무를 마치고 집으로 돌아오던 영원은 버스에서 내려 건너편 상가를 쳐다보았다. 돼지갈비집과 작은 슈퍼가 들어와 있는 상가건물의 이 층. 영원이 이사 갈 집이었다.

산나물이나 약초를 말려 판다는 노부부가 사는 집이었다. 말린 건지 썩힌 건지, 독한 냄새가 나는 약초 더미들이 투명한 비닐에 뒤덮여 방마다 들어차 있었다. 방 두 개와 주방, 욕실. 둘러볼 것도 없었다. 가구가 붙어 있던 자리마다 곰팡이가 피었을 테고 창틀은 휘었고 현관문은 녹이 슬었을 것이다.

- 약초 때문에 벌레가 못 올라와, 갈비집 바퀴벌레가.

벌레도 피해 가는 이 독한 냄새를 뺄 수 있을까, 마음이 어수선했지만 영원은 계약서에 도장을 찍었다. 전세 만기가 코앞이었다.

잠시 그쳤던 비가 다시 쏟아지기 시작했다. 곧 배준이 휴일 근무를 나갈 시간이었다. 영원은 서둘러 오르막길을 올랐다. 흙탕물에 젖은 샌들 속에서 발이 자꾸 미끄러졌다.

영원이 삼 층 계단을 올라왔을 때, 담배 냄새가 코를 찔렀다. 낯선 남자들이 옥상에서 담배를 피우고 있었다. 옥상 마당으로 향해 나 있는 안방 창문이 활짝 열려 있었다. 영원은 뛰듯이 걸어가 창문부터 닫았다. 방 안에는 배준이 팬티만 입은 채 널브러져 자고 있었다.

- 저기요, 이 집 사는 사람인데요, 여기서 담배 피우시면 안 돼요.

- 예, 나도 이사 왔어요. 아래층에.

- 그럼 댁에서 피우시던가요, 여기는 저희 집이잖아요.

남자가 대답 대신 칵 하고 가래를 돋워 뱉었다.

- 사모님, 여기는 저희 집 옥상이에요. 내가 내 집에서 담배를 피우든 빤스만 입고 대자로 누워 자든 무슨 상관이세요?

술기운에 불콰해진 얼굴들이 안방 창문을 쳐다보며 킬킬댔다. 영원은 떨리는 손으로 도어록을 열었다. 빗물에 젖은 키가 미끄러워 몇 번이나 다시 눌렀다. 등 뒤에 박힌 여섯 개의 눈동자가 영원이 돌아보길 숨죽이고 기다리는 게 느껴졌다.

- 그래, 이 씨발년아 반띵이라고. 돈이고 뭐고 다 반띵이라고.

갑자기 거친 욕설이 계단을 타고 올라왔다. 그 뒤를 이어 삼단 플라스틱 서랍장이, 서랍장을 받친 어깨와 타투가 그려진 팔뚝이, 택배회사 로고가 박힌 조끼가 서서히 모습을 드러냈다.

- 아 씨발, 니가 싫다메? 아 씨발 개좆같네.

무선 이어폰으로 누군가와 통화 중인 남자는 험악하게 인상을 쓰며 성큼성큼 옥상 위를 걸어왔다. 그리고 어깨에 짊어졌던 서랍장과 캐리어 두 개를 바닥으로 내동댕이쳤다. 담배를 피우던 남자들이 슬그머니 옆으로 비켜섰다.

집안은 아침에 나갈 때의 모습 그대로였다. 빨래는 욕실 앞에 쌓여 있었고 싱크대에는 아침에 먹은 빈 그릇들이 어지럽게 널려 있었다. 영원은 남자의 식탁 위에 올라간 아이를 내려놓고 화장지로 식탁을 닦았다. 잠시 미동도 없이 현관에 선 채 그 모습을 쳐다보던 남자가 모자를 벗어 얼굴을 훔쳤다. 이마가 드러난 얼굴은 생각보다 앳되고 순해 보였다.

- 아, 죄송해요. 제 방은 벌써 물이 들어와서요.

서랍장과 캐리어를 현관으로 들여놓은 남자가 갑자기 몸을 낮춰 식탁 의자를 끌어당겼다. 다리마다 끼워져 있던 커버를 벗겨 주머니에 넣었다. 빗물에 흠뻑 젖은 머리와 붉게 상기된 얼굴. 어쩐지 막차를 놓치고 낯선 도시에 남겨진 아이처럼 슬프고 불안한 표정이었다. 영원은 젖은 모자를 푹 눌러쓰고 빗속으로 뛰어나가는 남자를 말없이 쳐다보았다.

- 뭐야, 짐을 또 들여놨어?

방에서 나온 배준이 부스스한 얼굴로 아이를 안아 들었다. 영원은 배준을 쳐다보았다. 봐주겠다고 했던 아이는 남의 식탁 위에 올라가 혼자 놀고 있었고 배준은 팬티만 입은 채 대자로 누워 코를 골고 있었다. 담배를 피우던 남자들의 킬킬대던 웃음소리가 떠올랐다.

- 파자마 좀 입으라고.

- 야, 모르는 사람 물건을 막 들여놓으면 어떻게 하냐?

- 집에서도 뭘 좀 입으라고, 내가 몇 번을 말했어?

- 집주인도 알고 있는 거 맞아?

배준이 식탁 위에 놓인 휴대폰으로 집주인의 전화번호를 눌렀다. 영원은 걸레를 찾아 물이 흥건한 현관을 닦았다. 안 그래도 좁은 집이 남자의 테이블과 서랍장과 캐리어 때문에 발 디딜 틈 없이 어지러웠다. 여보세요? 한참 만에 전화를 받은 집주인은 별 게 다 트집이라는 듯 목소리를 높였다.

- 사람이 어떻게 그렇게 야박해? 방에 물이 찬다잖아…… 그렇게 법 따지고 돈 따져서 얼마나 큰 부자가 될라고 그래? 그리고 그 사람 들어와야 보증금도 빼줄 수 있어요. 내가 뭐 돈 쌓아놓고 사는 사람도 아니고, 일억이나 되는 걸 어디서 구해?

스피커폰으로 울리던 집주인의 목소리가 뚝 끊겼다. 배준이 어이없다는 표정으로 영원을 쳐다보았다.

　- 이러다 돈도 못 받고 집도 뺏기는 거 아냐?

　- 우리가 무슨 수로 집을 뺏겨? 뺏길 집이 어디 있다고.

영원은 거칠게 문을 닫고 침실로 들어왔다. 한동안 방문 밖에서는 아무 소리도 들리지 않았다. 영원은 칭얼대는 아이를 어르며 창밖을 내다보았다. 그새 빗줄기가 더 거세져 낮은 밤처럼 어두웠다. 멀리 보이던 시내는 굵은 빗줄기에 가려 아무것도 보이지 않았다. 담배를 피우던 남자도, 팔뚝에 닻을 그려 넣은 미래의 세입자도 사라진 옥상에 천천히 물이 고이기 시작했다. 그리고 잠시 뒤, 배준이 그 물에 신발을 적시며 급하게 계단을 내려갔다. 그제서야 영원은 배준이 점심도 먹지 못했다는 걸 알았지만, 이미 배준은 사라진 뒤였다.

7

새벽에 일어나 출근 준비를 한 뒤, 아이를 깨워 급하게 아침을 먹였다. 노란색 승합차가 보이면 아이는 영원의 손을 꼭 쥐었다. 어린이집 선생님의 손에 이끌려 차에 오를 때에도 눈물 맺힌 눈으로 엄마를 바라보았다.

환자가 많은 날이었다. 퇴원 시간이 한참 지나 달려온 엄마를 보자 아이는 엄마에게 꼭 붙어 칭얼댔다. 영원은 가방을 손목에 걸고 아이를 업었다. 대로에서 두 블록 떨어진 한적한 길로 들어섰다. 슈퍼에는 동네 노인들이 선풍기 앞에 모여 앉아 있었고, '상중'이라고 써 붙인 세탁소는 임시 휴업이었다. 하모니 빌라에는 누군가 심어 둔 작은 꽃들이 베란다 불빛을 받아 은은하게 빛을 내고 있었다. 영원은 길게 이어진 빌라들을 지나쳤다. 그리고 제일 마지막 효신 빌라를 지나갈 때쯤, 고양이 울음소리에 고개를 돌렸다. 작은 아이가 창문을 통해 무언가를 던지고 있었다. 불꽃 귀신의 화염낫을 받아라! 결계를 쳐야 해, 결계! 효신 빌라 C동, 101호. 그 아이였다. 아빠의 스피커를 밟고 선 아이는 가슴까지 오는 창문턱에 기대어 고양이에게 먹이를 던졌다. 뭐라고 뭐라고. 아이가 작은 목소리로 고양이들에게 말하는 것도 같았고 작게 소리 내어 웃는 것도 같았다.

영원은 등에 업힌 아이를 추슬렀다. 내일 이사 시간에 맞추려면 오늘 밤까지 짐 정리를 끝내야 했다. 등에 업힌 아이가 영원의 머리를 잡아당겼다. 그러면 엄마, 아파요. 영원은 내일 할 일을 생각하며 서둘러 정류장으로 향했다.

편의점이 보이는 거리

편의점이 보이는 거리

유리를 닦아야지. 내실 문을 열고 가게로 나온 여자가 수건과 세제를 챙겨 든다. 편의점에서 거리로 면한 통유리가 뿌연 먼지로 회색빛 벽이 되어 있었다. 어슴푸레하게 밝아오는 거리를 회색으로 가로막은 통유리를 본 순간, 여자는 갑자기 숨이 막히는 것 같았다. 밤낮으로 편의점을 환하게 밝히는 조명과 남편의 붉게 충혈된 눈빛까지. 그들이 뿜어내는 빛과 열기로 여자는 종종 이마가 뜨거워지면서 정신이 아득해지곤 했다. 여자는 유리문을 열고 밖으로 나간다. 밤새 손님도 없는 가게를 지키고 있던 남편이 문밖에서 담배를 피우고 있다.

- 들어가요, 좀 자.

안색이 검고 양 볼이 움푹 팬 남편이 고개를 끄덕이며 가게로 들어간다. 여자는 거리에 웅크리고 앉아 유리를 닦기 시작한다. 이른 새벽. 거리를 오가는 사람들의 무심한 움직임이 바람에 날려온 먼지처럼 유리에 들러붙는다. 한적한 동네의 시장 입구였다. 고만고만한 가게 앞으로 택배차가 지나가고 운동복 차림의 노인 둘이 천천히 걸어간다. 유리창 아래만 닦았는데도 수건은 금세 더러워진다. 조금 맑아진 창으로 카운터에서 돈 계산을 하는 남편의 작은 발이 보인다. 병원에서 무정자증 진단을 받은 이후 남편의 손과 발은 더 많이 더 빠르게 움직인다. 그러나 극심한 불경기 때문에 편의점은 석 달째 적자를 면치 못하고 있다. 이 더운 여름이 지나면 좀 나아질까. 여자는 유리창에 세제를 뿌리다가 문득 일자로 그어진 얼룩을 본다. 어른 허리 높이쯤에 이쪽부터 저쪽까지 가느다란 선이 그어져 있다. 양복점 아이.

지난달, 편의점 맞은편에 양복점을 개업했다면서 할머니가 떡 접시를 들고 왔다. 그때 양복점 아이가 제 할머니를 따라왔다. 여섯 살이고, 이혼한 양복점 주인 남자가 혼자 키운다고 했다. 유난히 검고 큰 눈을 가진 아이는 낯을 가리는지 가게 안으로 들어오지 않고 편의점 유리창에 붙어서서 가게 안을 살폈다. 그리고 그다음 날부터 사탕을 훔쳐갔다. 여자는 보지 못했지만, 남편은 아이가 사탕을 훔치는 걸 보았다고 했다. 첫날과 다음날에는 한 개, 그리고 그 뒤

이틀 동안에는 두 개씩. 빨갛거나 노란 막대사탕이었다.

　여자는 언젠가 담배를 훔쳤던 중학생을 기억한다. 남편에게 들킨 중학생은 뺨이 붓고 입가에 피가 번진 뒤에야 남편의 손에서 벗어날 수 있었다. 남편이 나서기 전에 아이의 할머니에게 말해야겠다고 생각한다. 여자가 좀 더 손을 높이 올려 위쪽의 먼지를 닦는다. 소매를 따라 올라붙은 티셔츠가 하얀 허리를 드러낸다. 헉헉 숨을 몰아쉬며 유리를 닦는 사이 남편이 다시 밖으로 나온다. 남편은 맨살이 드러난 여자의 허리에 팔을 두르고 귓가에 뜨거운 숨을 불어넣는다. 젖 줘. 하아, 젖 줘. 여자는 남편의 손에 끌려 내실로 들어간다.

　- 어때, 좋아? 육십이야, 칠십이야?

　- …….

　- 헉… 얼마야? 칠십? 팔십?

　여자의 가슴에 엎어진 채로 남편이 묻는다. 숨 넘어가게 좋아 죽겠으면 백. 백이야? 지금이 백? 남편은 여자가 백이라고 말하기 전에는 절대 그만두지 않는다. 절정에 오르지도 않은 여자가 백이라고 하면 심한 자괴감으로 사정도 못 하고 오그라들 것이다. 여자는 좀 더 기다리기로 한다. 온몸이 붉어진 남편은 더 격렬하게 몸을 움직인다.

　- 얼마야, 백이야? 백? 하아, 얼마야……

아침부터 편의점 안으로 더운 열기가 밀려든다. 좁은 이 차선 도로에 사람과 자동차가 뒤엉키고 거리 양쪽에 줄지어 늘어선 가게들이 셔터를 올린다. 촤르르 척 하고 금은방이 열리고, 촤르르 척 하고 속옷 가게가 열리고, 촤르르 척 하고 미장원이 열린다. 미장원 주인 여자가 가게로 들어가려다 말고 양복점을 기웃거린다. 양복점의 반쯤 올라간 셔터 밑으로 긴 머리의 아가씨가 빠져나오자 화들짝 놀라며 가게 안으로 뛰어 들어간다. 긴 머리 아가씨가 모퉁이를 돌아 사라졌을 때, 셔터 밑으로 양복점 아이가 나온다. 어제도, 그제도 입었던 반소매 유치원 티셔츠에 노란 가방을 멨다. 어젯밤 아이는 어디에 있었을까. 내실에서 아이와 양복점 남자와 긴 머리 아가씨가 함께 있었을까. 아이는 양복점 유리에 손가락으로 선을 긋거나 가방끈에 매달린 곰돌이를 만지면서 유치원 차를 기다린다. 편의점 종소리가 울리고 문이 열린다. 교복을 입은 고등학생이다. 컵라면을 골라 돈을 내고 뜨거운 물을 붓는다. 여자는 얼른 내실에서 김치를 가져와 라면 옆에 놓아 준다. 연신 스마트폰을 만지던 학생이 힐끔 쳐다본다. 고맙다는 말도 없이 우적우적 김치를 씹는다. 한 번, 두 번, 세 번. 젓가락질 세 번 만에 컵라면 하나를 비운다.

– 김치는 얼마예요?

- 됐어. 다음에 또 와.

아직 점심때도 되지 않았는데 수은주가 삼십 도를 넘었다. 여자는 에어컨 온도를 낮추고 카운터에 꺼내 놓은 책을 펴본다. 정통 수채화 입문. 처음 그림을 시작했을 때, 아버지가 사준 책이었다. 아버지는 그림을 잘 그리는 딸을 대견스러워했다. 그러나 곧 아버지의 외도 때문에 더 이상 그림을 그릴 수가 없었다. 사생 대회에서 일등 한 날, 엄마는 중국 음식을 푸짐하게 차려 놓고 연신 거울을 보면서 아버지를 기다렸다. 그러나 집에 온 아버지는 여자에게 색연필과 유성물감을 건네고는 그길로 다시 대문을 열고 나갔다. 엄마는 여자의 손에 들려 있던 색연필과 물감을 아버지의 등 뒤로 던졌다. 비 오는 밤, 여자는 색연필과 물감을 찾느라 어두운 마당을 엉금엉금 기어 다녔다. 그 뒤로 엄마의 눈치를 보느라, 그림을 그릴 수가 없었다. 결혼 한 이후로 다시 그림을 그리고 싶었지만 가게 일 때문에 쉽게 짬을 낼 수가 없다.

책에는 '오래된 거리'라고 제목을 붙인 그림이 원본 사진과 나란히 나와 있다. 스케치를 하고 세 가지 색만으로 채색 연습을 하는 부분이었다. 여자는 책 속의 '오래된 거리' 대신, 편의점 창으로 보이는 거리의 모습을 그려보고 싶다. 여자는 연필로 백지 위에 선 하나를 길게 긋는다. 한쪽 선

옆으로 사각형을 몇 개 세우고 그 사이에 미장원과 속옷 가게 사이의 골목을 굵은 빗금으로 채워 넣는다. 여자가 생각하는 골목은 항상 검다. 뱀같이 길게 늘어진 골목에는 하수구 악취와 오줌 줄기가 그려진 담벼락과 쓰레기 더미가 쌓여 있었다. 그리고 그 끝에는 죽은 짐승의 거죽 같은 옛집이 아가리를 벌리고 나타났다. 하루 종일 단 한 번도 전화벨이 울리지 않는 집. 우울한 엄마가 나직하게 혼잣말을 중얼거리며 귀신처럼 서성대던 집. 언제 돌아올지 모를 아버지를 위해 항상 불이 켜져 있던 집. 그 불빛이 감옥처럼 여겨지던 어린 시절, 여자는 문을 열기 전 집 대신 갈 만한 곳을 생각하느라 한참을 우두커니 서 있곤 했다. 이제 결혼을 통해 들어온 새로운 골목 끝에는 엄마가 지키는 집 대신 다른 것들이 여자를 기다린다. 편의점의 밤 열두 시가, 지갑을 찾으며 계산을 하려는 손님이, 남편의 붉은 눈동자가… 바로 지금처럼.

 - 뭐 해?

남편은 항상 눈이 붉게 충혈되어 있다. 여자는 빛 때문이라고 생각한다. 하루 이십사 시간 동안 단 한순간도 꺼지지 않는 빛. 그 빛 속에서 남편의 눈은 공기 중에 떠도는 먼지를, 초콜릿이나 삼각김밥 따위를 훔쳐 가는 좀도둑을 외면할 수가 없다. 빛을 피하지 못한 눈, 먼지나 좀도둑이 촘촘

하게 박힌 눈은 붉다.

 - 안약 좀 찾아보지.

 남편이 여자에게 얼굴을 들이민다. 그의 코에서 나온 더운 김이 여자의 뺨을 스친다. 여자는 내장을 한 바퀴 돌면서 후끈해진 남편의 숨이 참을 수 없이 역하다고 생각한다.

 편의점 문이 열린다. 반소매의 노란색 유치원 티셔츠를 입은 양복점 아이가 들어온다. 아이는 두 사람을 쳐다보다가 과자가 진열된 곳으로 간다. 이 봐. 남편이 여자의 어깨를 건드린다. 남편의 손가락이 가리킨 반사경에 진열대 사이에 선 아이의 뒷모습이 비친다. 봐, 넣었지? 여자는 자세히 보려고 눈을 가늘게 뜨다가 아…, 낮은 탄성을 지른다. 아이의 머리에 동그란 빛이 보인다. 여자는 까치발을 하고 목을 길게 내밀어 벽에 걸린 반사경에 가까이 다가간다. 아무렇게나 헝클어진 아이의 머리카락 속에 동그란 모양의 하얀 피부가 드러나 있다. 머리카락이 빠져 하얗게 드러난 두피가 밝은 불빛을 반사하며 빛을 내고 있다. 아이가 불룩한 주머니를 티셔츠로 가리고 카운터로 온다. 사탕 한 개를 보이며 카운터에 동전을 올려놓는다. 아이가 돌아설 때 남편이 아이를 잡으려고 손을 뻗는다. 잠깐만. 여자가 남편의 손을 잡는다.

- 아직 어린데…… 내가 얘 할머니한테 얘기해 볼게요.

남편이 거리를 가로질러 가는 아이를 쳐다본다. 여자는 서둘러 편의점을 나온다.

양복점 남자는 쉼 없이 입을 놀린다. 유난히 까다로워 보이는 손님 앞에서 남자는 다섯 벌도 넘는 정장을 꺼내 보이며 설명을 한다. 결국, 고급스러워 보이는 정장 한 벌을 손님에게 입혀 보내고 여자를 쳐다본다.

- 안녕하세요, 저 앞 편의점 주인이에요.

쌍꺼풀이 시원하게 진 남자의 커다란 눈이 위아래로 여자를 훑는다. 무표정하던 얼굴에 금세 환한 미소를 퍼뜨리며 여자에게 소파를 권한다. 남자에게서 풍기는 시원한 향수 냄새가 마주 앉은 여자에게로 은은하게 번져 온다.

- 할머니는……

- 시골로 내려가셨는데요. 그런데 무슨 일로?

- 예… 저기, 이 집 아이가……

여자의 말이 끝나기도 전에 남자가 뒤로 물러나 앉으며 목소리를 높인다.

- 뭘 또 훔쳤나요? 야, 희철이, 너 나와 봐.

남자의 성난 목소리에 내실에 있던 아이가 나온다. 내실 문을 붙들고 여자를 쳐다보던 아이가 신발을 찾는다. 겁에 질린 아이는 등을 돌린 채 천천히 신발을 신는다.

- 야, 너 또 도둑질했어? 어?

남자는 구부정하게 선 아이의 뒷덜미를 잡아 끈다. 아이가 웅크린 몸을 풀지 못하고 여자를 쳐다본다. 소리를 지르던 남자의 손이 허공으로 올라간다. 아이가 움찔하며 손을 들어 머리를 감싼다. 아이의 머리에서 보았던 하얀 두피가 형광등 불빛에 반짝하고 도드라진다. 여자는 잠시 눈을 감는다. 남자의 매끈하고 하얀 손이 검은 망막에 어지럽게 돋아난다.

- 너, 이 도둑놈 새끼……

- 아니에요.

여자가 고개를 흔들고 손사래를 친다. 남자는 들었던 손을 내리며 여자를 쳐다본다.

- 그게 아니구요, 저기……

여자는 땀이 난 이마를 훔친다.

- 저 애기 머리에 동그랗게 머리가 빠졌어요. 아시는가 해서요.

남자는 아이의 머리를 쳐다본다. 아이의 머리를 쥐고 오백 원짜리 동전만 하게 드러난 맨살을 문지른다.

- 아, 여기…….

남자는 화난 표정을 풀고 아이의 머리를 놓는다.

- 저는 또……. 애가 엄마 없이 자라서 그런지 가끔 사탕이나 애들 장난감을 말없이 들고 온 적이 있어서요. 뭐, 심한 건 아니지만.

남자는 자신의 얼굴을 한번 쓰다듬고는 소파에 앉는다. 할 말을 하지 못한 여자는 엉거주춤하게 일어서며 길 건너 편의점을 본다. 유리에 바싹 붙어 이쪽을 쳐다보는 남편이 보인다.

  - 저도 못 본 걸 이렇게 알려 주시고……. 그런데 머리 빠진 건 어떻게 고칩니까?

  - 병원에 가셔야 할 거예요.

  - 예, 그렇겠군요.

여자는 어색한 웃음을 한번 짓고 양복점을 나선다.

그날 이후 양복점 아이가 보이지 않는다. 아침마다 유치원 차가 한참을 기다려도 아이는 나오지 않았다. 긴 머리 아가씨도 어디론가 사라졌다. 대신 공들여 머리 손질을 한 미장원 여자가 푸른 상보를 덮은 쟁반을 들고 양복점으로 들어갔다. 유리창에 반사된 햇빛 때문에 양복점 안은 잘 보이지 않는다.

  - 뭘 봐?

남편이 여자에게 다가오며 묻는다.

  - 새끼, 온 동네 여자들을 끌어들이는군.

남편은 양복점을 쳐다보며 담배를 꺼내 문다. 그때 말쑥한 정장 차림으로 거리로 나서는 양복점 남자가 보인다. 그

102

는 거리의 밝은 햇살 속에서 약간 얼굴을 찌푸린다. 하얗고 반질반질한 그의 이마에서 맑고 차가운 물이 뚝뚝 떨어질 것만 같다. 양복점 남자가 뜨거운 거리를 성큼성큼 가로질러 편의점 안으로 들어온다.

- 안녕하십니까?

여자는 조금 당황스러워하며 주춤주춤 카운터에서 일어선다.

- 길 건너 양복점입니다.

- 아, 예….

남편이 양복점 남자를 쳐다본다.

- 제가 사모님께 부탁을 하나 드리고 싶어서요. 혹시 사모님께서 시간이 나시면 우리 희철이를 병원에 좀 데리고 가 주실 수 있을까 해서요.

- 병원에 가야 해, 걔가?

남편이 여자를 보며 묻는다.

- 저 집 애기가…

편의점 문이 열리고 여고생이 들어온다. 잠시 남편과 양복점 남자를 쳐다보다가 화장지가 쌓여 있는 구석으로 들어간다.

- 예, 사장님. 저희 애가 머리가 빠져서 병원에 가야 하는데 제가 가게를 비울 수가 없어서요. 그래서 사모님께 부탁

을 해볼까 합니다.

잠시 후, 여고생이 머뭇거리며 카운터 위에 생리대를 올려놓는다. 여자가 거스름돈을 챙기는 사이 양복점 주인이 검은 비닐봉지에 생리대를 넣는다.

- 잘 가요.

양복점 남자가 웃으며 여고생에게 인사한다.

- 사모님께서 저희 애 좀 병원에 데려가 주시면 안 되겠습니까?

여고생의 뒷모습을 좇던 여자는 남편을 바라본다. 남편은 말없이 여고생이 물건을 고르던 화장지 코너로 들어간다. 남편의 침묵을 승낙으로 여긴 양복점 남자가 환하게 웃는다.

- 그럼 사모님, 내일 희철이 유치원에서 오면 편의점으로 보내겠습니다. 사장님, 제가 약주 한 번 대접할게요. 감사합니다.

양복점 남자가 문을 열고 나간다. 곧 남편이 화장지 코너에서 나온다.

- 새끼, 건사도 못하면서 뭐 하러 데리고 있어. 누군 가게 안 보고 노는 줄 아나. 애새끼 도둑질엔 미안하단 말 한마디가 없네. 애비나 새끼나……

여자는 카운터에 앉아 환한 거리를 건너가는 양복점 남

자를 본다. 남청색 양복을 입은 날렵한 어깨가 가게로 들어간다.

날이 더울수록 거리의 가게들은 문을 꼭꼭 닫아 놓는다. 뜨거운 열기가 들어올까, 에어컨 바람이 샐까 가게를 지킨다. 여자는 아이의 손을 잡고 병원을 나선다. 뭐 먹을래? 의사의 질문에도 말이 없던 아이가 길가의 핫도그를 가리킨다. 더운데……. 그래도 아이는 계속 핫도그를 가리킨다. 여자는 아이의 손에 뜨거운 핫도그를 쥐여 준다.

─ 아토피가 있는 것 같지는 않고 영양 결핍도 아니고. 뭐 이사도 오고 유치원도 바뀌었다고 하니 좀 더 지켜보지요. 어머니께서 스트레스의 원인이 될 만한 걸 찾아내셔야 돼요, 그래야 빨리 고쳐요.

의사는 두세 번 치료를 받아서 차도가 없으면 소아정신과 치료도 함께 해야 한다고 했다. 여자는 이마를 닦던 손수건으로 아이의 머리와 목을 닦아준다. 아이가 핫도그 안에 든 소시지를 사탕처럼 빨면서 여자를 뚫어지게 쳐다본다. 여자가 고개를 돌리자 아이가 양복점 안으로 들어간다. 여자도 편의점으로 들어와 목덜미에 끈적하게 남아 있는 땀을 닦아내고 에어컨 앞에 선다.

─ 오래 걸렸네?

- 날이 너무 더워서요.

여자는 자신의 대답을 들으며 남편을 바라본다. 더워서 애가 걸음이 자꾸 처졌어요. 남편은 여자의 대답이 끝나기도 전에 고개를 돌리고 에어컨의 전원을 끈다. 물티슈로 에어컨의 그릴을 닦는다. 여자는 말없이 카운터로 들어간다.

여자는 편의점 창고 안에 저녁을 차린다. 간판등을 켠 남편이 문을 열고 들어온다. 여자가 냉장고에서 물병을 꺼낸다. 보리차를 담은 병은 마개가 세게 닫혀 있다. 몇 번이나 손아귀에 힘을 주고 돌려봐도 열 수가 없다. 남편이 다가와 한 번에 마개를 돌려 연다. 이걸 못 열어? 남편은 여자를 향해 웃어 보이고 의자에 앉는다.

남편은 국을 좋아한다. 무를 오래 끓여 시원한 맛을 낸 북엇국, 달걀을 풀고 미나리로 색을 맞춘 굴국. 여자는 오이장아찌를 입속에 넣고, 남편의 국그릇 앞에 멸치볶음을 밀어 놓는다. 서로 다른 식성 탓에 밥상 위에서 남편과 여자의 수저는 마주치거나 엇갈릴 이유가 없다. 젓가락만 따라다니면 시선을 마주칠 일도 없다. 누군가 편의점 문을 열고 들어온다.

- 사장님, 제가 술 한잔 대접하려고 왔습니다.

문 소리에 창고 밖을 내다보던 남편이 슬그머니 고개를

돌리고 담배를 꺼내든다.

　- 가게 때문에 술집으로 갈 수도 없고. 그냥 요 앞에서 맥주 한잔 하시죠.

　양복점 남자가 냉장고를 열어 맥주를 꺼내온다.

　- 계산해 주세요, 제가 사는 거니까요.

　카운터에 올린 맥주를 계산하며 남편이 양복점 남자를 쳐다본다.

　- 저기, 파라솔이 없어서……

　- 이제 해도 지는데 파라솔이 뭐 필요한가요. 의자 세 개만 있으면 되지요.

　양복점 남자가 플라스틱 의자 몇 개를 겹쳐 들고 편의점 문을 연다.

　- 여기서 봐야 양복점에 누가 들어가는지도 잘 보이구요, 애가 부르면 바로 뛰어가서 전화도 받아야 해서요.

　여자는 마른오징어와 땅콩을 접시 위에 올려놓고 남편과 마주 앉는다. 스커트 밑으로 땅에서 올라오는 뜨거운 열기가 스멀스멀 기어오른다. 여자는 찬 맥주잔을 두 손으로 움켜쥔다. 차가운 물방울이 손바닥의 열기를 덜어준다.

　- 아, 정말 시원한데요. 갈증에는 물보다 맥주가 더 좋은 것 같아요. 물 대신 맥주를 마시고 싶은 사람도 있는데, 왜 수도꼭지에서는 물만 나오는지 모르겠어요. 식성대로 어떤

집은 물이 나오구, 어떤 집은 맥주가 나오면 좋을 텐데. 하하… 그러면 맥주로 그릇을 닦고 걸레를 빨아야 하니까 너무 아까운가요?

남자가 입을 크게 벌리고 웃는다. 턱부터 귀밑까지 면도 자국이 새파랗다.

- 맥주는 도대체가 싱거워서.

남편이 맥주잔에서 입을 떼며 말한다. 입가에 하얀 맥주 거품이 묻어 있다. 그의 입가에 묻은 채로 미지근하게 데워진 맥주 거품에서 역겨운 냄새가 나는 것만 같다. 안약을 넣어줄 때 맡았던 담배 냄새와 쉰 막걸리에서 나는 들큼한 냄새. 양복점 남자가 한 번씩 웃을 때마다 다들 맥주 한 잔씩 마셨고, 입을 다문 채 서로 얼굴만 보고 있으려니 더 더운 것 같아 서둘러 맥주병을 땄다. 에어컨 바람만 가득 찬 머리가 더운 열기를 타고 하늘로 붕 떠오르는 것 같다.

- 요새 손님이 너무 없어서 큰일이에요. 편의점은 안 그런가요?

- 편의점도 그래요.

말 없는 남편을 대신해 여자가 대답한다.

- 사모님 많이 더우신가 봐요. 얼굴이 아주 빨개지셨어요.

양복점 남자의 말에 여자는 두 손으로 열이 오른 뺨을 감싼다.

- 여기, 소주하고 안주 좀 가져오지.

남편의 목소리가 들린다. 여자는 말없이 일어나 소주를
가져온다.

- 이 좁은 바닥에 편의점도 몇 개나 되니 경쟁이 치열
하겠어요.

남편은 양복점 남자가 잔에 소주를 채워주자 대꾸도 없
이 꿀떡 넘겨버리고 김치를 집어 든다. 맥주 서너 잔과 소
주를 마신 남편은 평소 습관대로 젓가락으로 이 사이를
쑤시기 시작한다. 술에 취한 젓가락이 입 안 구석구석을
비틀거리며 쑤셔댄다. 식사 때면 늘 보던 모습인데, 오늘
은 어쩐지 그 모습을 보자 웃음이 삐져나온다.

- 사모님, 맥주를 자주 드셔야겠어요. 그렇게 웃으시니
까 훨씬 아름다우시네요.

귀밑으로 흐르는 땀을 훔치던 여자가 소리 내어 웃는다.
아름답다니요, 제가……. 하긴 제 친정 엄마가 빼어난 미
인이었지요. 죽을 때까지 젊고 예쁜 얼굴이었어요. 뽀얗게
화장을 한 얼굴로 집을 나간 아버지가 들어오는가 해서 밤
낮으로 집안에 환하게 불을 밝히고 살았지요. 그런데 아버
지가 새 여자와 살림을 시작하면서부터 엄마는 불을 켜지
않았어요. 왜냐하면 머리카락이 빠졌거든요. 여기, 여기,
이렇게. 불을 켜지 않은 집은 무서웠어요. 아무도 없는 것

같다가도, 갑자기 너무도 많은 무언가가 두런두런 스적스적 움직이며 저를 둘러싸고 쳐다보는 것 같았거든요. 항상 어둠 속으로 빨려 들어 갈까 봐 눈을 크게 뜨고 다녔지요. 가끔 엄마는 거실 탁자 위에 작은 스탠드 하나만 밝혀 두고 소파에 앉아 창밖을 쳐다볼 때도 있었어요. 슬프게도, 밤의 유리창은 거울보다 더 정직했어요. 아무리 두껍게 분을 바르고 붉게 입술을 고쳐도 아무것도 속일 수 없었어요. 생명이 빠져나가기 시작한 눈동자, 물기가 말라가는 입술, 희미해진 턱선까지. 그래서 엄마는 아버지의 넥타이를 세 개나 묶어 현관 브래킷에 목을 매고 죽었겠지요……

여자는 순간 떠오른 말들이 새어 나갈까 입을 꼭 다문다. 남자가 여자의 빈 잔에 술을 따를 때 양복점에서 아이가 나온다. 전화요. 양복점 남자는 벌떡 일어나 가게로 뛰어간다. 여자는 문득 다른 세상에서 울리는 듯 멀게 느껴지는 웃음소리를 듣는다. 거리 저쪽에서 걸어가는 여고생들의 웃음소리가 밤하늘에 하얀 새처럼 날아간다. 여자는 그 새를 타고 하늘을 나는 것처럼 어지럽다. 잠시 눈을 감았다가 뜬다. 어두운 거리 양옆으로 늘어선 가게들이 환한 불을 밝히고 선선해진 공기 속으로 많은 사람들이 걸어 나오고, 그 중에 한사람이 붉은 장미를 들고 가는 모습을 보며 여자는 문득 가슴에 안개가 피어오르는 것을 느낀다. 오래전에

잊었던, 젊고 수줍음 많고 그러나 여자에게 친절했던 얼굴. 사랑은 아니라도 믿음과 책임으로 따르고 싶었던 남자. 여자는 고개를 뒤로 젖힌 채 잠이 든 남편을 바라본다. 손끝이 마주쳤던 그 날, 스치듯 입을 맞추었던 그 순간이 인생 어느 구석에 있기는 있었는지 여자는 알 수 없다. 미지근한 맥주잔을 입으로 가져간다. 가슴속에 안개가 짙어질수록, 바람 속에 섞인 비릿한 비 냄새를 맡으며 오래오래 앉아 있고 싶다. 거리에 간판 불이 꺼지고 오가는 사람들도 뜸해졌을 때, 여자는 잠이 든 남편에게 속삭인다. 누구세요? 당신, 누구세요……

비가 온다. 제법 굵은 빗방울이 유리창에 떨어진다. 여자는 걸레를 빨아 청소를 하고 온장고 안에 커피를 채운다. 그리고 카운터에 하얀 백지를 꺼내 놓는다. 유리창 밖, 가로로 길게 누운 거리를 선 두 개로 그린다. 여자는 문득 팔에 돋은 소름을 본다. 비가 그치면 찌는 듯한 더위는 좀 가시겠지만, 여름의 막바지에 이른 태양은 가장 뜨거워질 것이다. 여자는 푹푹 찌는 더운 습기보다도 새부리처럼 정수리를 쪼는 뜨거운 햇살이 더 견디기 힘들었다. 여고 시절 어지럼증으로 양호실에 업혀 갔던 것도 매번 여름이 지나는 구월 초였고, 얼굴에 퍼진 기미가 유난히 진해지면서 잔

주름이 늘어나는 것도 이맘때였다. 여자는 내실에서 얇은 카디건을 꺼내 입고 나온다. 편의점 문이 열린다. 촤아악 하며 쏟아지는 빗소리가 들어오고, 그 뒤로 우비도 입지 못한 군인이, 그 뒤로 양복점 아이가 따라 들어온다. 온몸에 비를 잔뜩 뒤집어쓴 군인이 머리를 턴다.

　-오늘 유치원 안 갔어?

양복점 아이가 고개를 끄덕인다. 여자는 아직 셔터를 다 올리지 않은 양복점을 바라본다. 군인이 따뜻하게 덥힌 캔 커피를 하나 마시고, 그 뒤로 소형차에서 내린 아가씨들이 들어와 컵라면을 고르는 동안 아이는 사탕이 쌓여 있는 진열대 앞에서 움직이지 않는다. 여자는 벽에 걸린 반사경을 본다. 양손에 사탕을 하나씩 들고 있는 아이의 머리에 전에 보았던 맑은 빛이 가만히 박혀있다. 아이가 빨간 사탕을 골라 카운터 위에 올려놓는다. 여자는 진열대에서 유아용 샴 푸를 골라온다.

　- 이걸로 머리 감으면 눈도 안 아프고 머리카락도 빨리 난다.

아이는 샴푸에 달린 빨간 미키마우스 인형을 쓰다듬다가 카운터 위에 놓인 백지를 손가락으로 가리킨다. 여자는 자 신이 그어놓은 두 개의 선을 쳐다본다.

　- 길이야?

아이가 묻는다. 여자는 비밀을 들킨 사람처럼 조금 놀란다.

- 길에 없어?

- 뭐가? 뭐가 없는 것 같아?

여자는 연필을 아이의 손에 쥐여 준다. 아이는 여자가 손가락으로 가리킨 곳에 사람을 그린다. 손발도 없고 동그란 얼굴에 눈코입도 없는 사람이 백지 한구석에 혼자 서 있다.

- 이 사람은 누구야? 희철이야?

아이는 대답없이 물끄러미 그림을 내려다본다.

- 그럼… 이 사람은 어디로 가?

그 말에 아이는 연필 꼭지를 씹으며 잠시 생각한다.

- 가게에. 병원에.

여자는 아이가 쥐고 온 사탕을 껍질을 벗겨 아이의 입에 넣어준다.

- 병원에 왜 가?

- 여기에 털 있을라구.

아이가 제 머리를 가리킨다. 여자는 새순처럼 작고 투명한 아이의 손을 잡으며 웃는다. 어느새 잠이 깨서 나온 남편이 아이에게 다가온다.

- 너 사탕 사러 왔니? 사탕 몇 개 샀니, 응?

여자가 아이의 손에서 연필을 뺏는다. 카운터에 올려놓았던 샴푸도 슬그머니 내려놓는다.

- 가, 집에.

아이가 여자를 빤히 쳐다본다.

- 집에 가.

여자는 우산을 찾아 펴주며 아이에게 얘기한다.

- 집에?

- 그래, 집. 집 몰라?

아이가 고개를 흔든다. 여자가 손가락으로 양복점을 가리킨다.

- 저기… 집. 집이잖아.

- 저건 가게지.

남편이 아이의 주머니를 움켜쥐자 아이는 남편을 뿌리치고 비 오는 거리를 뛰어간다. 그 모습을 쳐다보던 남편이 담배를 물고 편의점 밖으로 나간다. 저쪽에서 라면을 먹던 아가씨들이 저희들끼리 수군거린다. 쟤 양복점 애 아니야? 그러게. 양복점 싸장님, 어제 또 다방으로 전화해서 너 찾던데? 그 변태 새끼, 재수 없어. 이혼한 마누라한테 전화 좀 해달라고 얼마나 징징대는지. 지가 전화하면 안 받는다고 나보고 대신 말 좀 해달라고. 어머, 양복점 싸장님이? 그래. 돌아와, 엄마 모르게 다시 시작하면 되잖어. 크흐흐흐……
여자는 카운터에 앉아 아이가 그린 사람에게 눈코입을 만들어준다.

여자는 편의점 창문으로 양복점을 살핀다. 함께 병원을 다녀온 아이가 방금 양복점 안으로 들어갔다. 빗줄기를 뚫지 못한 불빛들은 칠흑 같은 어둠에 질려 편의점 안으로 되돌아온다. 거리의 어둠 속에서 양복점의 불빛이 유난히 두드러진다. 저녁 식사를 들고 들어갔던 미장원 여자가 파란 상보를 덮은 쟁반을 들고 양복점을 나온다.

– 뭐해, 저녁 안 먹어?

남편이 여자의 시선을 따라 양복점을 쳐다본다. 여자는 서둘러 눈길을 돌리며 카운터를 정리한다. 볼펜과 연필을 고무줄로 묶어 서랍에 넣고 박스를 정리하느라 꺼냈던 가위를 걸레로 닦는다. 가윗날에 엉겨 붙은 접착제를 손톱으로 긁어낸다.

세 번이나 병원에 다녀왔지만 아이의 머리는 나아지는 것 같지 않다. 의사는 대학병원 소아정신과를 권했다. 여자는 의사의 말을 그대로 양복점 남자에게 전해야겠다고 생각했다. 그러나 여자가 아이를 데리고 양복점 앞까지 갔을 때 편의점 창문으로 남편이 바깥을 내다보고 있었다. 여자는 그대로 몸을 돌려 들어왔지만, 양복점 남자에게 전화해서 내일이라도 당장 아이에게 정신과 치료를 받게 하고 싶었다. 남편이 내실로 들어간다. 여자는 내실 문이 닫힌 걸 확인한 다음 가위를 카운터에 내려놓는다. 서둘러 양복점의 전화번호를 누른다.

- 네, 양복점입니다.

양복점 남자는 여자의 목소리를 듣자마자 소파에서 일어선다. 쇼윈도에 가까이 다가서서 전화기를 귀에 댄 채 여자에게 손을 흔든다. 여자도 양복점 남자와 마주 대한 듯 엉거주춤하게 일어섰다.

- 아, 사모님 조금 뒤로 물러서 보세요. 가까이 계시니까 유리창에 입김이 서려서 얼굴이 잘 안 보이네요.

여자는 남자의 말대로 유리창에서 한걸음 물러선다.

- 저기, 희철이 때문에 전화 드렸어요. 탈모가 잘 낫지 않는다구요, 면역 체계가 망가져서 그럴 수도 있지만 스트레스가 계속 되는 거 아니냐고 그러시네요. 아이가 다른 사람과 눈을 맞추지도 않고 할 줄 아는 말도 또래에 비해서 너무 적다고. 아, 그게…… 표현성 언어 장애라고 했어요. 거기다 사탕을 훔쳐가는 것도……

- 예? 사탕을 훔쳐요?

여자는 자신도 모르게 나온 말에 움찔한다. 처음 양복점에 들어가 아이의 얘기를 할 때 도둑질을 했냐며 번쩍 치켜올렸던 남자의 손이 떠오른다. 잠시 말이 없던 남자가 좀더 유리창으로 가깝게 다가온다.

- 저기, 사모님. 아무래도 엄마가 없는 게 애한테 문제가

되는 것 같아요. 애 엄마가 반년 전에 집을 나갔거든요. 아, 사모님 조금만 옆으로… 얼굴에 그림자가 생기니까 잘 안 보이네요. 그래서 말씀인데요, 사모님께서 우리 희철이 엄마 노릇을 좀 해 주시면 안 될까요? 희철이가 그래도 사모님은 잘 따르는 것 같아서요. 뭐 별다른 건 아니구요, 지금처럼 희철이를 따뜻하게 대해 주시고 가끔 유치원 숙제라도 같이…… 저야 말만 아빠지 부모 노릇이라고 제대로 하는 게 있나요.

양복점 남자는 한쪽 손을 올려 뒷머리를 긁적이기도 하고 검지손가락으로 미간을 두드리기도 하며 여자를 바라본다. 어디선가 된장찌개 냄새가 난다고 생각했을 때, 바싹 마른 손이 여자의 손에서 전화기를 뺏어 든다. 뭐야? 남편의 붉은 눈이 묻는다. 양복점 남자도 남편이 나온 걸 봤는지 전화를 끊고 창 쪽에서 뒤돌아선다.

- 저 새끼하고 전화한 거야? 무슨 얘기를 하는데 그렇게 바짝 붙어서 낄낄대는 거야?

- 아이 머리가 잘 낫지 않는다고 해서……

- 그거야 애새끼가 가서 다 얘길 했겠지. 당신이 꼭 전화로 이렇게 얘기를 해야 돼?

- 아이는 잘 몰라요, 정신과에 가야 한다는 말을 아이가 들으면 안된다고, 엄마한테만 얘기 해야 한다고……

- 엄마? 니가 그 집 애새끼 엄마야? 오호라, 애새끼 엄마면 저 새끼 마누라네?

순간, 남편의 눈에서 불길이 치솟는다.

- 온 동네 년들을 다 지 마누라처럼 부리는 도둑놈 새끼. 미장원 년이 몸이 달아 들락거리더니 너도 그런 거야?

스스로 타오르기 시작한 불길은 남편의 온몸으로 걷잡을 수 없이 번진다. 카운터 구석에 몰린 여자는 남편을 태우는 불길이 몸에 닿을까 잔뜩 움츠린다.

- 잤어? 말해. 잤어?

남편이 뜨거운 손을 들어 여자의 뺨을 내려친다. 편의점 유리창으로 양복점 안이 환하게 보인다. 양복점 남자가 아이의 어깨를 쥐고 흔들고 있다. 아, 사탕……. 여자는 자신이 사탕 얘기를 잘못 내뱉은 걸 후회한다.

- 잤어, 잤냐고? 저 새끼하고 너, 너 그랬어?

남편은 여자를 돌려세우고 얼굴을 바싹 붙인 채 묻는다. 스스로를 모두 태워야 꺼질 불길이다. 결국 남는 건 여자와 남편에게 새겨질 화인뿐이다. 남편이 다시 손을 치켜든다. 조금 전보다 더욱 더 크고 뜨거운 불길이 여자를 내려친다. 여자는 휘청 유리창에 부딪힌다. 그래도 남편은 한번 시작한 손길을 멈추지 않는다. 여자가 카운터에서 진열대 쪽으로 몰렸을 때, 갑자기 문이 열리며 양복점 아이가 비에 흠

빽 젖은 채로 뛰어 들어온다. 이미 한쪽 뺨이 빨갛게 부풀어 올라 있다. 급하게 뛰어들던 아이가 흠칫 놀라 어깨를 떤다. 몸을 잔뜩 웅크리고 남편을 힐끔힐끔 쳐다보던 아이가 신발이 벗겨진 한쪽 발을 천천히 여자 쪽으로 옮긴다.

- 이 새끼, 니 애비가 보냈냐? 저년 데리고 오라고 시켰어?

남편이 여자에게 다가오는 아이를 붙잡는다.

- 이러지 마. 애가 무슨 잘못이야?

여자가 남편의 팔을 잡아당긴다. 그 틈에 빠져나온 아이가 여자의 등 뒤로 숨는다.

- 말해 봐. 이 새끼 핑계 대고 둘이 뭘 했어? 너, 너 내가 씨 없는 놈이라고 그런 거야? 그래서 우습게 알고 그런 거지?

여자는 아이를 밀쳐내며 손짓한다.

- 가. 집에 가.

여자가 아이의 등을 밀어도 아이는 여자의 옷을 움켜쥐고 움직이지 않는다. 남편에게 밀린 여자가 유리창에 부딪히며 넘어진다. 여자를 놓친 아이가 카운터 구석으로 몸을 숨긴다. 남편이 잔뜩 웅크린 아이의 뒷목을 잡고 누른다. 아이가 거친 숨소리를 내며 발버둥을 친다. 여자는 남편의 허리를 잡고 등을 주먹으로 친다. 그래도 남편은 아이를 잡은 손을 놓지 않는다. 남편의 팔을 할퀴던 여자가 카운터 탁자 위를 더듬는다. 손에 잡히는 대로 가위를 집어 든다. 남편의 눈에서 번쩍 불이 일었다고 생각한 순간, 여자는 남편의 손을 가위로 찍는다. 악! 비명과 함께 바싹 마른 손에 피가 흐른다. 맑은 유리창에 남편의 손에서 튄 피가 꽃잎처럼 뿌려진다. 남편은 손을 감싸 쥐고 그대로 바닥에 뒹군다. 여자는 아이의 손을 잡아 끈다. 문을 열고 아이의 등을 밀어낸다.

 - 집으로 가, 네 집으로.

집을 모르는 아이는 겁에 질린 얼굴로 어두운 거리에 우두커니 서 있다. 양복점 유리창으로 남자가 나오는 게 보인다. 여자는 문을 닫고 가게 안의 불을 모두 꺼 버린다. 바닥에 누워 있는 남편을 바라본다. 어둠 속에서 땀이 번진 남편의 얼굴이, 눈물이 고인 눈이 보인다. 여자는 손으로 남편의 얼굴을 쓰다듬으며 눈물을 닦아 준다. 그러다 몸을 기울여 차가운 유리창에 뺨을 대본다. 어둠이 거울처럼 걸린 편의점 유리에 복숭아처럼 붉은 뺨을 가진 여자와 여자의 무릎에 얼굴을 묻은 남편의 모습이 보인다. 잠시 잊고 있었던 비바람 소리가 편의점 안으로 세차게 몰려든다.

중력의 소실

중력의 소실

치매는 후천적으로 기억, 언어, 판단력 등의 여러 영역의 인지 능력이 감소하여 일상생활을 제대로 수행하지 못하는 임상 증후군을 의미합니다. 치매에는 알츠하이머라고 불리는 노인성 치매, 중풍 등으로 인해 생기는 혈관성 치매가 있으며 이 밖에도 다양한 원인에 의한 치매가 있습니다. 치매를 조기에 발견할 경우 약물 치료, 인지 기능 회복 훈련 등으로 병의 진행 속도를 늦출 수 있습니다. 문항에 따라 아니오(0점), 가끔(1점), 자주(2점)에 체크하세요.

1. 오늘이 몇 월이고, 무슨 요일인지 잘 모른다.

"어르신, 오늘이 몇 월 며칠인지 아세요? 모르세요?"
검사지를 소리 내어 읽던 치매 센터 직원이 묻는다.

"아시면 아니오, 모르시면 예. 여기에 동그라미 치시는 거예요. 하실 수 있겠지요?"

"……."

"화장실은 복도 끝에 있구요, 정수기는 저기요."

직원의 손가락을 좇던 그의 눈에 벽에 걸린 대형 텔레비전이 들어온다. 볼륨을 줄인 화면에는 푸른 하늘을 배경으로 웅장하게 보이는 로켓이 서 있다. 우주 관광 시대. 스페이스 X 스타쉽 발사 임박.

"야, 이제 별나라에 관광을 가게 생겼네요!"

별나라 관광이라니. 별은 빛나는 그 무엇일 뿐, 지구처럼 단단한 육체를 가졌다고 생각해 본 적은 없었다. 어릴 적 어머니가 정화수를 뜰 때 우물에 비치던 샛별, 여름밤 공장 마당에서 올려다보던 저녁별. 사람이 죽으면 별이 된대요, 누군가 말해 주던 그 별.

"세상이 점점 좋아져요. 그러니 건강하게 오래오래 사셔야지요. 문제 다 풀면 이 층 검진실로 내려오시면 됩니다. 끝까지 포기하지 마시고, 파이팅!"

설명을 마친 직원이 문을 열고 밖으로 나간다. 테이블과 의자가 늘어선 넓은 대기실에 혼자 남았다. 커다란 창으로 환한 봄빛이 비쳐든다. 아래로 내려다보이는 주택의 초록 지붕 위에 벚꽃잎이 소복하게 쌓여 있다. 햇빛이 닿은 손에 온기가 돌고 뻣뻣했던 관절이 한결 부드러워졌다. 그는 볼펜을 들고 돋보기를 고쳐 쓴다. 오늘이 몇 월이고, 무슨 요일인지 잘 모른다. 아니오, 0점.

2. 자기가 놔둔 물건을 찾지 못한다.

아니오, 0점. 그가 찾는 물건이라야 분홍색 약통과 돋보기, 휴대폰, TV 리모컨. 손바닥 만한 작은 원룸에서는 그가 떨군 체모 하나도 숨길 수가 없다. 아침 일곱 시면 이부자리를 정리하고 약통을 열어 혈압약을 챙겨 먹는다. 된장국과 김치로 아침을 먹고 세수를 한다. 그리고 휴대폰으로 오늘의 일정을 확인한다. 밴드로 묶여 있던 향우회 모임, 문화 센터 목공반 수업은 코로나가 끝난 뒤에도 연락이 없다. 그래서 오늘의 일정도 없음. 하루 종일 텅 빈 일정란에 점처럼 들어앉아 하루를 보낸다.

3. 같은 질문을 반복해서 한다.

아니오, 0점. 아내와 헤어진 뒤 오랫동안, 그는 질문도 대답도 없이 혼자 조용히 지낸다. 다만, 가끔 잠이 오지 않는 밤이면 휴대폰을 열어 묻는다.

'꿈에 뿔이 솟은 짐승을 봤습니다. 이상한 소리로 울고 있었습니다.'

밤 열 시에 올린 질문도, 새벽 네 시에 올린 질문도, 그 대답은 아침 아홉 시에 내려온다.

'본래 뿔이란 권력, 남성성의 상징입니다. 뿔이 난 동물이 당당하고 활기차게 움직였다면 성취에 대한 자신감, 본인의 남성성에 대한 만족감을 나타냅니다. 그러나 뿔 난 동물이 우는 듯 보였다면 그 반대가 되겠지요. 사업이 안 풀리거나, 파트너와의 성생활에 문제가 생길 수 있습니다. 하지만 너무 걱정은 마세요. 인생에 한 번은 겪어야 하는 중년의 근심이자 노년의 일상일 뿐이지요. 오히려 지금껏 나를 불러주는 회사가 있었고, 사랑하는 파트너가 곁에 있었음을 감사하게 여긴다면 마음이 편안해지실 겁니다.'

사주닷컴의 옥 선녀는 통통하고 후덕해 보이는 여자였다. 그 인상만큼 따뜻하고 사려 깊은 해몽 덕분에 그는 시간과 공간이 뒤섞인 긴 밤을 그럭저럭 버텨낼 수 있었다.

'붉은 보석이 박힌 금반지를 받았습니다. 그런데 손가락에 끼우고 보니 보석 알은 빠져 있고 색도 거뭇하게 변했습니다.'

'금은 부귀, 권세, 자식을 의미합니다. 반지는 결혼, 계약을 의미하지요. 하여 꿈속 상황에 따라 해몽이 달라지겠습

니다. 반지를 받는 장면을 자세히 설명해 주세요. 반지를 받은 이가 여자였나요?'

네, 눈이 크고 입술이 도톰한, 예쁜 여자였지요. 싱거운 농담에도 얼굴이 빨개지도록 한참을 웃곤 했어요. 여자는 색이 변한 결혼반지를 들고 금은방으로 달려갔습니다. 그리고 금도 보석도 모두 가짜라는 걸 알게 되었습니다. 여자는 밤새 울었습니다. 남자는 그 소리를 들으며 마당에 서 있었습니다. 서울 한복판, 단칸방 말고는 갈 데가 없어 담배만 태우며 밤을 지샜습니다.

'사주닷컴, 축하 이벤트 당첨! 지금 생년월일과 함께 손바닥을 스캔해서 올려주세요. VIP 한정, 오 프로 적립금이 지급됩니다!'

그는 손바닥을 펼쳐 본다. 버석한 손바닥에 막다른 길처럼 새겨진 손금이 희미하다.

4. 약속을 하고서 잊어버린다.

아니오, 0점. 그는 약속을 한 적도 없고 약속을 잊어버린 적도 없다. 약속을 하는 사람은 딸애였다. 아내가 죽고 나선 반찬을 챙긴다며 자주 드나들던 딸애는 이제 계절이 바뀌어도 얼굴 한 번 보기 힘들었다. 그런 딸애가 지난달에는 생활 관리사를 신청했다며 전화를 했다. 시커먼 남자 둘이 좁은 방에 있기가 뭣해 그는 그 시간을 피해 밖으로 나가 버렸다. 그러자 딸애는 약속을 잊었냐며 짜증 섞인 말투로 잔소리를 했다.

"아버지, 제가 걱정돼서 그래요. 누가 옆에서 말이라도 걸어 주면 좋잖아요. 혼자 계시다가 우울증이라도 오면 어떡해요. 가스나 전기장판 때문에 불이 날 수도 있구…… 아버지, 그분이 말동무도 해드리고 병원이나 치매 센터도 모시고 간대요. 그럼요, 제가 아니면 누가 아버지 걱정을 해요. 아무래도 제가 직접 가봐야 마음이 놓이는데, 제가 바빠서……"

5. 물건이나 사람의 이름이 헷갈리거나 생각이 나지 않는다.

아마도 그래서였을 것이다. 한 번도 그런 적이 없었는데, 그날따라 유독 딸애의 아파트가 눈에 들어왔다. 이른 저녁을 먹고 소주와 생수를 사러 나선 길이었다. 날이 어둑해지자 거리는 퇴근하는 사람들로 붐비기 시작했다. 모두 마누라와 자식이 있는 집으로, 친구가 기다리는 술집으로 바쁘게 걸어가고 있었다. 문득, 얼굴을 뵈어야 마음이 놓이는데……, 딸애의 말이 떠올랐다. 그는 불 켜진 딸애의 창문을 한참 올려다보다가 아파트로 들어갔다. 그리고 벨을 눌렀다.

어쩐 일이세요, 아버지? 딸애는 조금 놀란 것 같았다. 소리 나지 않게 조심조심 걸으며 닫힌 방문을 손가락으로 가리켰다. 그러고 보니 손주가 올해 대입 시험을 본다고 했던가. 무슨 일 있으세요? 딸애는 과일을 건네며 속삭이듯 물었다. 어디 편찮으신 건 아니죠? 딸애가 다시 물었을 때, 방문이 열렸다. 훤칠한 키에 번듯한 얼굴. 방안의 환한 불빛 속에 눈에 익은 얼굴이 보였다. 정우야. 그는 반갑게 불렀다. 우리 정우. 그 애가 눈을 동그랗게 뜨며 그를 쳐다보았다. 갑자기 딸애가 아버지, 하며 그의 팔을 잡았다. 재는 경원이잖아요, 아버지 손주 경원이요. 어색하게 그를 쳐다보던 손주는 과외선생과 함께 밖으로 나갔다. 딸애가 근심스럽게 물었다.

"손주 이름 생각 안 나세요?"

코앞까지 들이댄 딸애의 눈빛이 폭우가 쏟아지기 전 바람처럼 어수선하고 무거웠다.

"아버지."

"경원이가 꼭 그맘때 정우를 닮아서…… 경원이가 외탁을 한 게지. 언뜻 보면 딱 정우라니까. 턱이 둥글둥글한 게 안경을 쓴 것도 그렇고, 팔다리도 길쭉길쭉해서는……"

"……"

"이마가 반듯하고 광이 나면 크게 출세할 상이라는데. 생각 안 나니? 정우가 학교 다닐 때……"

딸애가 긴 한숨을 쉬었다. 한참 동안 그의 시선을 피해 말없이 창밖을 내다보았다. 그는 과일을 내려놓고 슬그머니 일어섰다. 가시게요? 딸애가 그를 따라 나왔다. 엘리베이터를 타는 그의 주머니에 오만 원짜리 지폐 몇 장을 구겨 넣으며 인사했다.

6. 물건을 가지러 갔다가 잊어버리고 그냥 온다.

그새 밤이 내렸다. 거리는 여전히 사람들로 붐볐고 불을 밝힌 상점들은 시끌벅적했다. 그는 주머니 속 지폐를 만지작거리며 가게 안을 살폈다. 아무데라도 들어가 얼큰한 국물에 소주를 마시고 싶었다. 그러나 북적이는 사람들 틈에 빈자리가 보이지 않았다. 매콤한 닭발 냄새에 끌려 가게 문을 열어 보기도 했지만 혼자 앉을 자리는 없다는 주인의 말에 그냥 되돌아 나왔다. 그는 한참을 걸었다. 건널목이 나오면 건널목을 건너고 지하도가 나오면 지하도를 내려갔다. 그렇게 멀리까지 걸어왔을 때 눈에 익은 골목이 나타났다. 그는 골목 입구에 불을 밝힌 가게 앞에서 발을 멈췄다.

한가한 편의점에 주인 남자 혼자 카운터를 지키고 있었다. 그는 볼펜을 쥔 채 골똘히 생각에 잠긴 남자의 얼굴을 유심히 쳐다보았다. 뭉툭한 콧망울, 굵은 목덜미와 각진 어깨까지. 세월이 흘러 나이를 먹을수록 친구의 아들은 작고 다부졌던 제 아비를 꼭 닮아 갔다.

"세상에 나오면 안 되는 새끼야, 저런 새끼는. 아무 데서나 콱 뒈져버리든지. 그럼 차라리 편할 껀데."

오래전, 친구는 오토바이 사고로 병원에 누워 있던 저 아들을 두고 험한 말을 했었다. 그전에는 술에 취해 행인에게 시비를 걸다가 경찰서에 다녀왔다고 했다. 친구가 하소연할 때마다 언젠가는 마음잡고 산다고, 눈먼 자식이 효도한다고, 그는 입 발린 위로를 했다.

같은 고등학교, 같은 학년이었던 친구의 아들과 그의 아들은 늘 비교 대상이었다. 술자리에서도 일등을 도맡아 하던 그의 아들 얘기 뒤에는 사고만 치는 양아치, 싹수 노란 친구의 아들 얘기가 뒤따랐다. 아무리 돈이 많고 많이 배워도 자식은 마음대로 안 된다고. 자식 농사 대박난 니 인생이 최고라고. 술값을 뒤집어 씌우느라 하는 농이었겠지만 사실 틀린 말도 아니라고 생각했다. 그는 친구들에게 손사래를 치면서도 기분 좋게 술값을 냈다.

키가 큰 남자아이가 그를 지나쳐 편의점으로 들어갔다.

"아빠, 엄마가 저녁 드시러 오시래요."

빨리 죽었으면 좋겠다던 친구 아들은 이 건물의 주인이자 한 집안의 가장이 되었다. 카운터에 앉아 있던 남자가 외투를 걸치며 문 쪽으로 돌아설 때 그는 얼른 고개를 돌렸다. 빠른 걸음으로 골목을 되돌아 나왔다.

깊은 밤. 집에 돌아와 냉장고를 열고서야 그는 빈손임을 깨달았다. 냉장고 안이 깨끗했다. 생수와 소주를 사러 나간 길. 그는 싱크대를 뒤져 오래 묵힌 소주 반 병을 찾아냈다. 안주도 없이 물컵 가득 소주를 따라 단숨에 마셨다. 뜨거운 기운이 목구멍을 타고 흘렀다.

일론 머스크의 우주기업 스페이스 엑스가 오늘 밤 열 시 삼십 분, 우주로켓 시스템 스타쉽의 2차 발사를 시도합니다. 카이스트 대학교 유진철 교수를 모시고 얘기 나눠 보겠습니다…… 조용하던 대기실에 여자 아나운서의 목소리가 울린다. 혼자뿐이던 방안에 언제부터였는지 대여섯 명의 노인들이 앉아 있다. 누군가 리모컨을 들어 채널을 이리저리 돌리다가 다시 뉴스로 돌아온다. 밤하늘을 날고 있는 하얀 우주선. 이미 영국에 본사를 둔 버진 갤럭틱이라는 회사가 민간인 세 명을 태우고 우주 관광 시범 비행에…… 민간인은 아무래도 전문적인…… 가장 힘든 것이 중력과 방사

능, 그리고 고독감입니다. 우리가 실생활에서는 못 느끼는 것이, 이 중력이겠지요. 중력은 아시다시피 지구의 모든 걸 붙잡아 두는 거대한 힘이지요. 아주 쉬운 예로 화장실에서 쓴 물이나 밥상에 내려놓는 숟가락이라든가……덕분에 우리 앵커님과 저도 이렇게 한자리에서……이 지구의 중력에 최적화된 몸이……

바람이 분다. 초록 지붕 위에 소복하게 쌓여 있던 꽃잎이 바람을 타고 후르르 날린다. 그리고 바람이 잦아들자 주위는 아무 일 없는 듯 조용해진다. 푸르게 드러났던 지붕의 빈자리에 어디선가 날아온 꽃잎이 다시 쌓였다. 중력. 우리가 딱 붙어 있게 만드는 힘. 큰 산도, 바다도 꼼짝 못 하게 붙들어 두는 큰 힘이라는데 아들은 어떻게 그 힘을 끊어 냈을까. 무엇이 아들을 그렇게 만들었을까. 그렇게 날아간 끝은 어디인지. 훤칠하게 잘 생기고 공부 잘하고 착했던 내 아들은.

7. 성격이 바뀌었다.

아니오. 0점. 그는 평생 부지런하게 살았다. 몸에 밴 성실함은 대를 이어 내려온 농사꾼 집안의 유일한 교육이자 신념이었다. 어릴 적 아버지와 밭에 나가서도, 학교를 다니고 공장에 취직해서도 그는 늘 부지런했다.

　누가 보지 않아도 제일 먼저 공장에 출근해서 주위를 청소했고 퇴근하기 전에는 꼭 비품을 정리하고 기계를 점검했다. 야근, 주말 특근을 단 한 번도 빼먹지 않았고 정해진 휴게시간 외에는 잠시도 쉬지 않았다. 그의 근면 성실은 곧잘 사장의 훈시에 등장했고 모범 사원 표창, 근로자 표창은 늘 그의 차지였다. 월급이 밀려도 그의 하루는 똑같았다. 동료들이 사장을 고발하겠다고 연판장을 돌리고 파업을 할 때도 그는 묵묵히 컨베이어 벨트를 지켰다. 덕분에 그는 살아남았다. 새롭게 회사명을 바꾸고 확장한 공장에서 그는 작업반장이 되었다. 그는 높아진 직급만큼 더욱더 열심히 일했다. 작업의 효율을 위해 불량률이 제일 많은 팀은 불량률만큼 연장 근무를 시켰다. 손이 느려 컨베이어 벨트를 자주 세우는 팀은 급식 순번이 나중으로 밀렸다. 출근 버스를 놓친 직원들에게는 지각비 명목으로 화장실과 식당 청소를 시켰다. 어느 해인가, 야간 고등학교에 다닌다며 번번이 야근을 빼먹던 여자아이가 있었다. 공부를 하겠다는데 야근을 시킬 수가 없었다. 그래서 아이의 자리를 볼트 작업에 고정시켰다. 반복된 작업으로 손목을 쓸 수 없게 된 아이가 울고불고 매달렸지만 그는 들은 척도 하지 않았다. 한 명을 봐주면 그 뒤로 줄줄이 야근을 빼먹을 터이기에 회사를 위해서는 어쩔 수 없는 일이었다. 결국 아이는 반년 만에 퇴사했다.

윗사람의 신임을 받는 독보적인 우수사원. 직급이 오르고 월급이 늘어가는 동안 아내는 알뜰하게 돈을 모았다. 빚을 내긴 했지만 서울에 집도 장만했고 귀여운 딸과 의젓한 아들은 무럭무럭 자랐다. 시골에 계시던 어머니를 서울로 모셔 오던 날, 그는 붉은 보석이 박힌 진짜 금반지를 아내에게 선물했다.

8. 예전에 비해 계산 능력이 떨어졌다.

아니오. 능력은 문제가 될 게 없었다. 애초에 능력도 학벌도 없었던 그였다. 늘 부지런하게 회사를 위해 최선을 다했을 뿐. 그런 그에게 회사는 새삼스럽게 능력을 운운하며 권고사직을 권했다. 새로운 작업 공정에 적응하지 못했고 냉정하고 융통성 없는 성격으로 동료와의 화합이 어렵다고 했다. 그는 말없이 짐을 쌌다. 그즈음 공장을 채운 건 용역 업체에서 파견한 비정규직들이었다. 직원 관리는 이제 그의 몫이 아니었다. 할 일이 줄었어도 정규직으로 오랫동안 일했던 그의 월급은 말단 직원의 두 배가 넘었다. 그게 정들었던 회사를 떠나야 하는 이유라고, 그는 생각했다.

9. 상황에 맞게 스스로 옷을 선택하여 입지 못한다.

평생 회사 작업복에 갇혀 살았다고 생각했는데, 막상 작업복을 벗고 보니 모든 게 달라져 있었다. 그는 회사 밖의 모든 일에 서툴렀다. 변변한 기술 없이 중년이 된 그가 갈 만한 곳은 막노동 현장이나 공장의 일용직뿐이었다. 그나마 어렵게 구한 일자리도 오래가지 못했다. 옷장에는 경비복이, 휴대폰 조립 공장의 작업복이, 건설 현장에서 신던 안전화가 쌓여 갔지만 그중 어느 것도 맞춤인 듯 편안하게 입어 보지 못했다. 아이엠에프라고 했다. 모두 허리띠를 졸라매고 나라를 위해 금을 내놓던 시절이었다. 젊은 사람, 많이 배운 사람, 똑똑한 사람, 기술 좋은 사람, 모두 놀았다. 어제까지 멀쩡하던 회사도 하룻밤 새 넘어지고 자빠지는 일이 부지기수였는데. 언감생심, 선택이라니……. 아니오, 0점.

10. 이전에 잘 다루던 기구의 사용이 서툴러졌다.

아침에 일어나면 집은 늘 비어 있었다. 아내는 화장품을 팔러 나갔고 아이들도 학교에 가고 없었다. 김칫국물이 얼룩진 밥상에 앉아 찬밥을 먹고 설거지를 했다. 청소기를 돌리고 걸레를 빨아 널었다. 그러나 퇴근해 집으로 돌아온 아내는 그에게 보란 듯 또다시 청소기를 돌렸다. 청소기가 방문턱을 넘어 거실로 나오면 그는 슬그머니 화장실로 들어갔다. 간간이 위잉 하는 소리 너머로 유도리도 없고 답답한 위인, 한숨 섞인 아내의 혼잣말이 들려왔다. 하릴없이 수돗물을 틀고 거울을 보면 청소기도 제대로 돌릴 줄 모르는, 유도리도 없고 답답한 위인이 멍하게 서 있었다.

결국 집을 팔고 변두리로 전세를 얻어 이사했다. 하천 옆에 지은 다세대 주택 일 층. 장마가 질 때는 강물이 둑을 넘어 이삿짐을 싸 놓고 밤잠을 설쳐야 했다. 사시사철 물비린내와 벌레가 꼬이는 방 두 칸짜리 좁은 집에서 안방은 아내와 딸이, 작은 방은 어머니와 아들이 쓰고 그는 거실로 나왔다. 가끔 밤이 깊으면 어머니가 방문을 열고 나와 잠들지 못한 그를 흔들었다. 들어가, 들어가서 편하게 자. 그는 잠이 든 척 움직이지 않았다. 한참 동안 어둠 속에 앉아 있던 어머니는 천천히 일어나 아픈 다리를 끌고 방으로 들어갔다. 그제야 슬그머니 눈을 뜬 그는 어머니의 방문을 쳐다보았다. 김선규. 문패에 새겨진 그의 이름. 집을 팔고 오면서 소중하게 품에 넣어 온 그 문패를 밤새도록 어루만질 어머니를 생각하며 밤을 새웠다.

어머니가 돌아가시고 난 다음에도 그는 자리는 거실 한

구석이었다. 그나마 하루의 유일한 낙은 깊은 밤, 안주도 없이 마시는 소주 한 잔이었다. 거의 매일, 세탁기 뒤에 깊숙하게 숨겨놓은 소주를 물컵에 가득 따라 마셨다.

"빈속에 약주 드시면 탈 나요."

방에서 나온 아들이 냉장고에서 마른 멸치를 꺼내왔다. 두 손으로 병을 받쳐 들고 빈 잔에 소주를 따랐다.

"아버지, 생명 유지 장치라는 거 아세요? 사람에게 숨도 넣어주고 영양분도 넣어 주고 하는 거요."

"……."

"그걸 러시아에서는 소주라고도 부른대요."

"……."

"답답할 때는 소주 한 잔이 최고잖아요."

아들이 그를 보고 웃었다. 그는 아들이 따라 준 소주를 넘기며 참 달다고 느꼈다. 동시에 그 마음이 염치없고 민망해서 검은 강물만 내다보았다.

"아버지, 이제 방에 들어와 주무세요."

"……."

그 밤, 소주 한 병이 다 비워지도록 그는 아들에게 공부가 힘드냐, 어느 대학을 가고 싶으냐 한 번도 묻지 않았다. 다만 그를 닮지 않아 똑똑하고 의젓한 아들은 제가 원하는 어디든 척 붙어 남부럽지 않은 인생을 살겠거니, 간절히 믿고 바랄 뿐이었다. 어둠 속에서 그와 함께 강물을 내다보던 아들이 슬그머니 일어나서 빈 병을 세탁기 뒤에 밀어 넣었다. 그리고 그에게 인사했다.

"아버지, 안녕히 주무세요."

11. 대화 중 내용이 이해되지 않아 반복해서 물어본다.

"나는 그 운동화가, 그게 아직도 생각이 나요."

아내가 등산로 입구에서 양말을 벗으며 말했다. 오십 대 중반에 대장암 치료를 시작했던 아내는 환갑이 넘어서야 완치 판정을 받았다. 힘든 방사선 치료를 버틸 수 있었던 건 상황버섯과 아마 씨, 그리고 맨발로 했던 걷기 운동 때문이라고 아내는 믿었다. 사람의 오장육부가 다 발바닥에 연결되어 있다고 했다. 발바닥으로 땅의 기운을, 만물을 키워낸 생명의 기운을 받아야 한다고 했다. 핏줄이 도도록하게 솟은 아내의 발이 맨땅에 접지했다.

"그게 무늬가 이렇게…… 하여튼 앞이고 뒤고 가죽이 다 벗겨져 너덜너덜했어. 작아서 그랬는지, 그 애가 뒤축을 구겨 신었더라고."

그즈음 아내의 질문은 늘 이런 식이었다. 서로 얼굴을 맞대고 있을 때는 아무 말 없다가 나란히 앉아 서로 다른 곳을 바라보고 있을 때, 한마디 툭. 시장에서 어떤 할머니가 나물이 쉰 것도 모르고 팔고 있길래, 이런 쓰레기를 판다고 내가 큰 소리로 욕을 한 적이 있었거든. 옛날에 병원 접수대에서 우는 애엄마를 새치기한 적이 있었는데……. 선문답처럼 시작하는 아내의 얘기를 단박에 알아들은 적은 없었다. 어차피 중요치도 않고 궁금하지도 않은 얘기. 그는 대꾸하지 않았다.

그는 등산 스틱을 들고 아내보다 앞서 걸었다. 눈에 보이는 캔 뚜껑이나 날카로운 돌멩이를 길옆으로 쳐냈다. 검불과 흙이 묻은 아내의 발에는 지난번에 깊게 파였던 상처가 붉게 남아 있었다.

"우리가 넘긴 그 치킨집 말이야. 그 사장이 가게 보러 왔을 때 데리고 왔던 그 애 있잖아요. 초등학교 들어간다고 했나, 다닌다고 했나. 여하튼 아주 말라비틀어진 게 사람들하고 눈도 못 맞추고 주눅이 들어서는……"

"……."

"아, 생각 안 나요? 그 가게 넘길 때 우리가 친구며 애들까지 다 불러서 손님인 척, 장사 엄청 잘 되는 척 북적북적 테이블 메우고 막 그랬잖아."

전세금을 빼서 치킨집을 할 때 얘기였다. 테이블 열 개짜리 가게였고, 아내가 주방을, 그가 홀과 배달을 맡았다. 그렇게 시작한 가게는 처음 몇 달은 전단지와 할인 이벤트 덕분에 손님이 좀 드는 듯했지만, 곧 개업발이 시들해지면서 매출이 곤두박질쳤다. 메뉴에 술안주를 추가하고 새벽까지 문을 열어도 남는 게 없었다. 애초에 겉보기에만 번지르르했지 목이 좋지 않은 가게였다. 유동 인구가 많다고 해도 사람들이 붐비는 시간은 출근 시간 잠깐뿐이었고, 퇴근 시간에 붐비는 길목은 따로 있었다. 급기야 월세가 밀리고 대출이자가 막막해지자 그는 가게를 소개해 준 복덕방쟁이를 찾아갔다. 복비를 두 배로 낼테니 가게를 빼달라고 사정했다. 복덕방쟁이는 별말 없이 새 임자를 찾아주었다. 혼자 아이를 키우는 젊은 홀아비였다. 비쩍 마르고 병약해 보이는 남자는 가게를 메운 그의 친구들과 아들이 걸어온 주문 전화를 믿고 단번에 가게를 계약했다.

"그 불쌍한 홀아비한테 권리금까지 받아서 애들 고기 먹이고 옷 사주고……"

"……."

"그 파란색 나이킨가 무슨 패딩. 그거, 그날 사준 거잖아."

그는 숨이 턱 막혔다. 노란색으로 무늬가 크게 그려져 있던 파란 패딩 점퍼. 가슴께와 팔이 찢겨 털이 비어져 나온 부분에 아들의 피가 뭉쳐있던……. 대입 시험이 끝나고 모처럼 나선 여행이었다. 애들이 탔던 고속버스가 빙판길에 미끄러지면서 반대쪽에서 달려오던 트럭과 부딪쳤다. 친구 다섯 중 죽은 건 정우 하나였다. 퉁퉁 부어오른 채 차갑게 식어, 내 새끼를 앞에 두고도 알아보지 못하고 병원 응급실을 헤매던 칠 년 전 그날. 막상 아이의 주검 앞에서는 눈에 들어오지 않았던 상처, 검은 입술, 부풀어 오른 배, 각목처럼 뻣뻣하게 굳은 아이의 다리와 발목이 선명하게 떠올랐다. 그는 눈 앞이 아득해졌다. 캔 뚜껑을 집으려 뻗었던 손 그대로 땅을 짚었다.

"당신은 참 편하네, 편해. 나 살자고 남한테 덤탱이 씌워 놓고, 이제는 싹 잊어버리고 사나 부네."

아내의 깡마른 발이 그의 손등을 꼭 밟고 지나갔다.

"벌 받은 거야, 벌."

　　12. 길을 잃거나 헤맨 적이 있다.

그는 단 한 번도 아들의 죽음을 입 밖에 내본 적이 없었다. 누구의 잘못도 아니고, 그저 제 명이 짧은 탓이었다고. 그러니 받아들이자고 다짐했다. 아내는 그를 향해 독하다며 자식 잃은 부모가 어찌 그리 태연할 수 있냐고 쏘아붙였다. 그리곤 가슴을 쥐어 뜯으며 울다가 밖으로 뛰쳐나갔고, 그렇게 나갔다가 빤한 길을 잃어버렸다고 경찰차에 실려왔다. 또 어느 날에는 피범벅이 된 바지를 입고 멀쩡하게 배추를 한 보따리 이고 온 날도 있었다. 깊게 찢어진 무릎에서 계속 피가 흐르는데도 아내는 몰랐다고 했다.

"마음이 아파서 그런 거예요, 마음이 너무 아파서 몸이 아픈 건 느낄 수도 없는 겁니다."

의사가 말했다. 그리고 아내를 부축해서 일어서려는 그를 다시 자리에 앉혔다. 의사는 잠시 그의 손을 잡은 채 눈을 맞췄다.

"아버님. 아버님도 편찮아 보이세요."

"……."

"참지 마세요. 이렇게 참기만 하시면 큰일 나요."

그는 집에 와서 의사에게 잡혔던 손을 쓸어보았다. 참지 마세요, 큰일 나요. 그 말이 귓가에 맴돌았다.

아내는 교회에 다니면서 다시 기운을 차린 듯했다. 딸아이도 제시간에 집을 나가 제시간에 집에 돌아왔다. 아침이면 뜨거운 된장국으로 밥상이 차려지는 평범한 일상. 지긋지긋한 눈물과 비명과 몸부림이 사라진, 조용하고 한갓진 하루. 그는 지옥을 지나왔다고 생각했다. 이제 그에게는 아무 일이 없었다. 기쁠 일도, 슬플 일도 없는 마음과 모든 걱정이 사라진 머리. 공기처럼 투명하고 가벼워진 몸과 마음으로 나무를 쳐다보면 그는 나무가 된 것처럼 고요했고, 어디선가 희미한 종소리를 들으면 그는 종소리가 되어 적막한 세상에 스미듯 사라지는 것 같았다. 까마득히 높은 곳에 올라 바람이 되어 훨훨 날아다니는 꿈을 꾸었고, 푸른 바닷속에 깊게 가라앉아 소리도 빛도 없는 곳에서 편안하고 아늑한 잠에 빠져드는 상상을 하기도 했다. 그렇게 평안하고 고요하던 어느 날, 그가 찾아왔다.

시작은 작은 부스럼이었다. 약도 먹고 연고도 발랐지만 그때뿐. 손톱만 하게 등에 돋은 부스럼은 점점 커졌다. 붉은 테두리에 하얗게 일어나는 각질이 범위를 넓힐수록 간지러움은 심해졌다. 한번 시작하면 피가 날 때까지 긁어야 했고 온 신경이 등에 돋은 부스럼에 모아져 아무것도 할 수가 없었다. 그리고 어느 밤엔가 간지러움 때문에 잠에서 깬 그가 옆에 누운 아내를 깨워 등을 내보였다. 부스스하게 일어난 아내가 연고를 바르며 짜증스럽게 말했다. 이까짓 게 뭐라고. 안 죽어요, 안 죽어. 그 순간, 그는 가슴속에 불이 붙는 걸 느꼈다. 뜨거운 불은 금세 전신으로 퍼져 목구멍이 타고 머리가 녹아내리는 고통이 느껴졌다. 숨이 가빠지고 정신이 아뜩해져 기절하듯 눈을 감았는데, 잠시 뒤에 눈을 떠보니 이미 날은 밝아 있었고 그는 아무 일도 없었다는 듯 침대에 반듯하게 누워 있었다.

며칠 후에는 얼굴이나 겨우 알고 지내던 이웃집 노인네

가 그에게 다가왔다. 정신이 온전치 못해 대문 밖으로 나오지도 않던 노인네가 그날은 무슨 영문인지 집 앞을 지나가는 그를 잡아끌었다. 처음에는 늦게 소식을 들었다고, 참 안된 일이라고 그의 등을 두드리던 노인네가 슬그머니 보험금 얘기를 꺼냈다. 사망 보험금이 많았다던데 얼마나 받았는지, 어떻게 사고가 날 줄 알고 미리 보험을 들어둔 것인지, 그 보험을 자기도 들 수 있는지……. 무시하자고, 치매 걸린 노인네 얘기라고. 그렇게 생각하고 지나쳤는데, 어느 순간 노인네를 벽으로 밀어붙이고 목을 조르는 그를 보았다. 살기가 번뜩이는 눈을 빛내며 손아귀가 으스러질 듯 힘을 주고 노인네의 목을 조르는 그의 모습. 그는 너무 놀랐다. 비명을 듣고 나온 사람들이 그를 밀쳐내는 걸 멍하게 쳐다보기만 할 뿐이었다. 그 뒤로 종종 그는, 그가 아닌 그를 보았다. 그는 아들이 다녔던 학교 정문을 막고 서서 아이들을 붙잡고 삼 학년 이 반 칠 번이 우리 정우였다고, 삼 년 내내 반장이었던 우리 정우를 아느냐고 큰소리로 물었고, 아이들을 따라 버스 정류장까지 가서 하루 종일 눈앞으로 지나가는 자동차 바퀴만 뚫어지게 쳐다보며 앉아 있곤 했다. 살아야지, 마누라하고 딸을 봐서라도 살아야지, 정신 차려 이 사람아. 위로하는 친구에게 술을 받던 그는, 자리에서 벌떡 일어나 친구의 멱살을 잡는 그를 보았다. 죽어야 하는 건 망나니 같은 네 아들이 아니냐. 똑똑하고 착한 내 아들은 할 일이 많은데, 왜 내 아들이 죽어야 하느냐며 그는 울부짖었다. 그가 아무리 아니라고, 이러면 안 된다고 말려도 그는 막무가내였다. 그는 그보다 몸이 컸고 힘이 셌고 목소리가 컸다. 감당이 되지 않았다. 그래서 그는 떠났다. 아들의 체취가 묻은 물건들, 아들과 함께 살던 집, 동네. 그리고 아들을 아는 모든 이들을 떠났다.

등산로가 좁아지면서 경사가 심해졌다. 나무 그늘이 짙었고 땅은 젖어 있었다. 왕복 여섯 시간이라니 이제 정상에 가까워진 것 같았다. 그는 잠시 걸음을 멈췄다. 맨발로 걷는 아내에게 등산화를 신으라 말할 참이었다. 그러나 그의 뒤를 따라오던 사람은 아내가 아니었다. 그와 눈이 마주친 중년 남자가 목례를 하고 앞질러 걸어갔다. 그는 휴대폰을 열어 아내에게 전화를 걸었다. 그러나 지금은 받을 수 없다는 음성 메시지만 들려올 뿐 아내는 전화를 받지 않았다. 그는 등산로에서 벗어나 아내를 기다렸다. 스틱을 더 길게 늘였고 등산화 끈을 다시 묶었다. 잠시 후 젊은 여자 둘이 좁은 산길을 올라왔다. 저기, 올라오면서 노란 모자 쓴 여자 못 보셨어요? 그의 질문에, 저쪽에 앉아계신 거 같아요, 계곡 옆에요. 여자들이 손가락으로 아래쪽을 가리켰다. 땅만 보면서 올라온 탓에 모르고 지나친 계곡이 있는 모양이었다. 그는 여자들이 가리켰던 쪽으로 내려갔다. 과연 어디선가 물소리가 들리는 것도 같았다. 그러나 한참을 걸어가도 계곡은 보이지 않았다. 게다가 올라올 때는 길이 하나라고 생각했는데 다시 내려가며 보니 갈래길이 여러 개였다. 그는 물소리를 따라 내려갔다. 물소리가 멀어지면 왔던 길로 되돌아가 다시 샛길을 찾았다. 그렇게 정신없이 오르내리다 보니 어느새 그는 길도 없는 산비탈을 오르고 있었다. 숨이 차고 다리가 아파 더 이상 걸을 수 없었을 때, 그는 휴대폰을 열었다. 얼마나 깊이 들어왔는지 안테나 신호가 뜨지 않았다. 그리고 몸을 돌려가며 신호를 잡으려 애쓰던 어느 순간, 그의 귓가에 한 줄기 바람이 스쳤다.

사월이었다. 높은 나무 어딘가에서 산새가 울었고 하늘을 지나는 구름이 부드럽게 부풀어 있었다. 머리 위로 뻗은 가지마다 새로 난 잎새들이 층층이 피어올랐다. 햇살이 얼비친 잎새마다 투명한 빛이 가득했다. 그는 팔을 내렸다. 가방을 벗고 둥치에 등을 기대고 앉았다. 나무 그늘에 별 모양으로 돋아난 볕뉘가 그의 눈두덩이에 다사롭게 내려앉았다. 굳었던 어깨가 부드럽게 풀어졌고 숨도 편안해졌다.

그가 눈을 떴을 때는 점심때가 한참 지나서였다. 깜박 잠들었다고 생각했는데 그새 한 시간이 훌쩍 지나있었다. 땀이 식은 목덜미에 와닿는 골바람이 선득했다. 그는 서둘러

가방을 메고 스틱을 잡았다. 계곡을 찾겠다며 걸어왔던 길을 되짚어 걸었다. 그렇게 아내와 헤어졌던 자리까지 내려왔을 때 그는 다시 휴대폰을 열었다. 아내로부터 온 전화는 없었다. 그는 아내의 번호를 액정에 띄웠다. 정우 엄마. 그는 초록색 통화 버튼을 누르려다 말고, 오랫동안 그의 휴대폰에 자리 잡고 있던 그 이름을 물끄러미 쳐다보았다. 그렇게 한참을 쳐다보다가 휴대폰을 주머니에 넣었다. 처음부터 혼자 등산을 왔던 사람처럼 서두르지 않고 천천히 걸어 산을 내려왔다.

"저기요."

주차장에서 에어건으로 흙을 털어내던 그에게 누군가 다가왔다.

"죄송한데요, 사진 한 장만요."

백발이 성성한 노인네와 똑같은 색으로 등산복을 맞춰 입은 세 자매였다. 그에게 휴대폰을 내민 그들은 산을 배경으로 서둘러 자리를 잡았다. 세 딸 중 하나가 소리쳤다.

"아부지, 사랑스럽게 하뚜……"

딸들과 아버지가 손가락으로 하트를 만들어 보이며 환하게 웃었다. 그는 카메라 버튼을 눌렀다. 한 번, 두 번. 땀 때문인지 화면 속 인물들이 부옇게 번져 보였다. 그는 휴대폰으로 얼굴을 가린 채 슬쩍 눈을 닦고 다시 버튼을 눌렀다.

13. 예전에 비해 방이나 집안의 정리 정돈을 하지 못한다.

아내는 출가한 딸과 함께 살았다. 완치되었던 암이 재발해서 응급실과 입원실을 오가며 삼 년을 버티다가 세상을 떠났다. 마지막 가는 순간까지 아내는 아들의 이름을 불렀다고, 이제 고통 없는 세상에서 원하던 아들을 마음껏 볼 수 있으니 우리 엄마 행복하겠다고. 딸애는 웃으며 울었다. 어머니와 아들의 장례식에 왔던 친구들이 아내의 장례식장에서 화투를 치며 밤을 새웠다. 그에게 멱살이 잡혔던 친구가 말없이 술을 따라 주었다. 어머니가 떠나고 아들이 떠나고, 딸도 아내도 떠났다. 정리할 것도 없이, 그렇게 방 세 칸짜리 집은 깨끗하게 비워졌다.

14. 내복이나 옷이 더러워져도 갈아입지 않으려고 한다.

누가 보는 게 아닌데도 이틀에 한 번씩 빨래를 한다. 갈 곳이 없는데도 일찍 일어나 세수를 하고 밥을 먹는다. 지금 그에게 남은 건 그런 습관뿐이다.

"어르신."

갑자기 대기실을 울리는 큰 목소리에 그는 뒤를 돌아본다. 살집 좋은 중년 여자가 제 옆에 앉은 노인의 귀에 대고 소리를 지르고 있다. 어르신, 괜찮으세요? 저 누구예요, 알아보시겠어요? 노인에게 큰 소리로 묻던 여자는 그가 쳐다보자 난처한 웃음을 지었다. 아이고, 그새 또 정신을 놓치셨네. 제 얘기인 줄도 모르고, 노인은 낯선 눈빛으로 여자를 올려다본다.

15. 혼자 대중교통 수단을 이용하여 목적지에 가기 힘들다.

목적지. 목적지. 버스나 기차에 몸을 맡기고 어디론가 가는 일. 가야 하는 곳, 가보고 싶은 곳. 가게 될 곳. 어딘가. 어디로.

그는 창밖으로 고개를 돌린다. 손등까지 길게 들어왔던 봄빛은 이제 창틀에 간신히 매달려 있다. 초록 지붕에 쌓였던 벚꽃도 모두 사라지고 마른 몸을 드러낸 나뭇가지만 그림처럼 서 있다. 이제 꽃이 진 자리마다 파란 새잎이 돋아날 것이었다. 그가 사는 동안 일흔 번이나 벚꽃은 피고 지었을 것을. 어쩐지 이 모든 풍경이 생경하다. 모든 소리가 지워지고 움직임이 멈춘 지금. 그는 밤새 어지러운 꿈에 시달린 듯 혼곤하다. 눈을 뜨면 새벽 네 시. 이제 자리에서 일어나 옥 선녀에게 해몽을 듣고 싶다. 꿈속 상황에 따라 해몽이 달라지니 자세히 설명해 주시겠어요. 옥 선녀의 목소리가 들리는 것 같아 그는 벚나무 가지를 유심히 쳐다본다.

은벗나무

은벗나무

비가 오려나. 간간이 불어오는 바람 속에 습기가 가득하다. 사월 하순인데도 아직 비다운 비가 없었다. 사람들은 봄 가뭄이라고 했다. 먹구름이 낮게 드리운 아파트를 바라본다. 도심에서 한참을 벗어난 변두리에 지어진 임대 아파트. 손바닥만 한 작은 베란다 창이 아파트 한 면에 빼곡하게 들어차 있다. 어둑해져 오는데도 맞벌이가 많은 아파트에는 아직 불을 켜지 않은 집이 많다.

걸음을 멈추고 잠시 숨을 돌린다. 지하철역에서 내려 가파른 고갯길을 삼십 분이나 걸어 올라왔다. 하루 종일 집을 구하러 다니느라 지친 다리가 뻣뻣하게 굳어 온다. 지하철 대신 아파트 정문까지 오는 버스를 탔다면 한 시간 전에 집에 도착했을 것이다. 그러나 아직 버스 정류장에 나와 있을 동네 사람들을 마주칠 준비가 되어 있지 않다. 학원에서 돌아오는 손주를 마중 나온 아래층 할머니, 아이들 저녁을 챙겨주고 남편의 포장마차로 나가는 안 씨 아줌마. 그리고 사람들 머리 위로 흐드러지게 꽃을 피운 벚나무가…… 그 하얀 벚꽃이 지나는 바람에 향기 짙은 몸을 날리고 있을 것이다. 밤이 되어 환한 수은등 불빛을 받으면, 햇살에 반짝이는 물고기처럼 은빛으로 빛나는 그 꽃.

아파트 후문으로 들어가며 경비 아저씨와 눈이 마주친다. 지나가는 나를 향해 눈인사만 할 뿐 선뜻 말을 걸지 않는다. 원흥 임대 아파트 104동, 팔 층 복도의 맨 끝 집. 열다섯 평 집안에 꽉 찬 어둠이 퀴퀴한 냄새를 피운다. 거실 겸 안방으로 쓰는 큰 방과 작은 방, 그리고 욕실과 일자형 싱크대. 어둠이 눈에 익을 새도 없이 신발을 벗고 들어간다. 발에 걸리는 옷가지를 헤치고 문고리에 걸려 있던 수건을 욕실에 던져 놓고 큰 방으로 들어간다. 아침에 펼쳐놓고 간 이부자리가 그대로 놓여 있다. 허물처럼 벗어놓은 옷가지 옆에 또 다른 허물을 벗어 놓고 이불 속으로 들어간다. 지친 몸 위로 이불을 끌어올려 빈틈없이 꼭꼭 여민다.

- 극극극극. 극극극극.

작은 소리가 들린다. 어렴풋이 잠에서 깨어 어둠이 물처럼 스민 방안을 둘러본다. 옆집이나 윗집에서 나는 소리일까. 그러나 그것은 여러 겹의 벽에 부딪혀 작고 무디게 변한 소리가 아니라, 아주 가까운 곳에서 한 치의 에누리도 없이 고스란히 들리는, 작고 선명한 소리였다.

- 극극극극.

다시 그 소리가 들렸을 때, 생각보다 빠른 감각이 먼저 눈치를 채고 온몸에 소름을 돋게 한다. 극극극극. 밤 열한 시가 되면 귀를 막아도 들려오던 그 소리. 남편이 복권을 긁는 소리였다. 남편은 식구들이 잔다고 생각한 이 시간쯤이면 작은 방 책상에서 복권을 긁었다. 문틈으로 새어 나오는 그 소리는 머리를 숙이고 부지런히 손목을 놀리는 남편의 모습을 생생하게 그려 놓는다. 몸을 일으켜 작은 방을 들여다보고 싶지만 얼어버린 몸이 움직여 주지 않는다. 이 시간에 이런 모습으로 복권을 긁는 남편. 지금, 그 모습을 보는 건 두려운 일이다. 담을 타는 덩굴처럼 어둠 속으로 뻗어나간 촉수를 거두며 한 번, 두 번 숨을 깊게 들이마신다.

- 극극극극, 극극극극.

검은 창으로 자동차의 헤드라이트 불빛이 지나간다. 창가에 놓인 알람시계를 본다. 열한 시 삼십 분. 남편은 삼십 분째 복권을 긁고 있다. 극극극극 긁다가 작은 바람을 후후 불어 가루로 밀려 나온 잉크를 털기도 한다. 남편은 다시 돌아온 것일까. 하나도 그리울 게 없을 것 같은 이 집. 그러나 남편은 떠나고 나서야 알았을 것이다. 나 역시 떠나서야 알게 되었던 것처럼. 잠시 남편의 소리가 멈춘다. 늘 그랬듯 그대로 잠이 들었는지, 아니면 사라진 것일지도.

- 여보…… 거기 있어?

역시 사라진 것일까. 사라졌다면 남편이 잠시 머물렀던 자리라도 보고 싶다. 그러나 그는 내 목소리를 듣자마자 다시 복권을 긁기 시작한다. 오히려 내가 알아챈 게 마음이 놓이는 듯 소리는 더 커진다.

- 아직도 돈이 필요해?

- …….

- 얼마나?

- 1억.

아아… 조금은 둔탁하고 낮은 목소리. 가슴 속에서 뜨거운 울음이 울컥 솟구친다. 창밖으로 어두운 거리에 쏟아지는 상점의 불빛이, 그 사이를 휘젓고 다니는 자동차와 사람들이 보인다. 그리고 사람들이 모여 선 버스 정류장과 가로등 불빛에 환해진 벚나무가 보인다. 영원히 떠났다고 생각한 사람의 목소리를 들으니 남편은 작은방에도 있고, 벚나무 아래에도 있고, 벚나무를 지나치는 버스 안에도 있는 것 같다.

- 그 돈으로 뭐 할 건데?

- 집 얻어줘야지.

- 누구, 우리?

- 그래… 재형이 하고 재민이.

어둠 속에 아이들의 모습이 떠오른다. 한 달 전, 큰애와 작은애를 친정 엄마에게 보냈다. 이 작은 집에서 아이들이 날리던 먼지, 콩콩 바닥을 울리던 작은 발이며 한순간에 터지던 웃음과 울음들.

잠시 극극 하는 소리가 멈추더니 맨발로 바닥을 스치는 소리가 들린다. 교통사고 후유증으로 왼쪽 다리에 마비가 온 남편이 다리를 끌며 걷는 소리였다. 소주를 찾는 것일까. 냉장고에는 며칠 전 내가 마시다 만 소주 반 병이 남아 있을 것이다. 신발장 위에서 그가 숨겨 놓은 빈 소주병들이 제 주인의 발소리를 듣고 공명하듯 우웅 소리를 내는 것 같다. 그러나 냉장고를 열기 전, 발소리는 사라진다. 활짝 열린 안방 문을 지나 냉장고 쪽을 쳐다본다. 손에 묻어날 듯 짙은 어둠뿐이다.

- 여보, 미안해. 하루 종일 집 구하러 다니느라고 소주 생각을 못했어.

- …….

- 발 디딜 땅보다 사람 살 집이 더 많아졌는데도 방 한 칸 얻기가 참 어렵네.

― …….

마음까지 눅눅해지던 반지하 셋방에서 이사 온 게 이 년 전이었다. 봄이면 봄빛이, 가을이면 가을빛이 무한정 쏟아지는 집. 남편은 이 집을 분양받을 욕심에 서울역 앞에서 밤을 새워가며 인천행 총알택시를 뛰었다. 다시 이런 집을 찾으려는 건 너무 큰 욕심이었을까.

오늘 본 집은 아현 시장 뒤편에 있었다. 지대가 높은 곳에 이층집을 짓고 그 위에 가건물을 올려 만든 방이었다. 해도 잘 들고 화장실도 집 안에 있고, 보일러를 바꾼 지 얼마 되지 않아 방도 따뜻하다고 했다. 그러나 막상 집 안에 들어서니 창마다 커튼을 꼭꼭 여며 놓아 너무 어두웠다. 세를 든 아기 엄마는 외풍 때문이라며 형광등을 켰다. 태어난 지 두 달도 안 된 아기가 감기와 폐렴을 번갈아 앓느라 인공호흡기를 달고 병원에 누워 있다고. 그래서 아기의 병원비를 마련하느라 좀 더 싼 집으로 옮긴다고 했다. 돈에 맞는 집을 찾으니 셋 중 둘은 지하였고, 남은 하나는 옥상 위의 가건물이라 선뜻 계약을 할 수 없었다. 이사를 가야 할 날이 한 달도 채 남지 않았다.

― 극극극극.

남편은 또다시 복권을 긁는다. 조금 전보다 더 빠르게 동전을 움직인다. 실크 필름을 은색 동전으로 긁어내는 그 소

리는 맑은 얼음 위로 반드러운 자갈이 미끄러져 가는 소리
처럼 들린다. 매끄러우면서도 가볍지 않고 가늘면서도 날
카롭지 않은 소리. 그 소리가 조금만 더 거칠었거나 날카로
웠다면 매일 밤마다 귓속을 파고드는 그 소리를 참아낼 수
없었을 것이다.

처음, 남편이 다른 기사들과 같이 샀다며 복권을 가져 왔
을 때, 나는 복권의 종류가 이렇게 많은가 싶어 눈을 떼지
못했다. 녹색 복권, 왕대박 복권, 드림 복권도 있었고, 슈퍼
더블 복권에 로또, 스포츠, 연금 복권도 있었다. 덧없는 기
대를 부풀리는 이름만큼 색깔이나 모양도 현란했다. 금박
은박 위에 돼지며 복조리가 들어앉아 있었다. 남편은 그 뒤
로 자주 복권을 사들고 왔다. 아이들과 함께 긁기도 하고,
나에게 긁어 보라고 몇 장 건네주기도 했다. 이거 맞으면
시골로 가자. 팔았던 집도 다시 사고, 밭도 사서 남새도 심
어 먹고……. 남편은 복권을 긁을 때마다 주문을 외우듯
말했다.

고추며 마늘이 실하게 열리던 작은 텃밭과 소 한 마리가
살던 우사가 있던 집. 윤이 나게 닦은 부뚜막에는 어린 시
누이가 시집가려고 모은 찻잔들이 가지런히 놓여 있었다.
살쾡이가 부엌문까지 내려와서 울고, 장작을 쌓아둔 헛간
에는 굵은 뱀이 스르르 기어 다니던 그 집. 그 집에 누워있

던 시어머니. 아, 남편은 그때 시어머니를 생각했을까. 니 시아부지하고 나하고 이 집 짓자마자 야가 생겼단다. 집 짓고 아들 낳고, 세상 부러울 게 없었지. 야가 서너 살 즉에 용한 스님한테 사주를 봤는데… 볏가리가 끝도 없이 널려 있고, 아들 하나는 등에 업고 둘은 양손에 붙잡고 가더란다. 평생 흰쌀밥에 더운 두부 해 먹고 아들 셋을 두고 살 팔자라더라. 처음 인사드리러 간 날, 시어머니는 돼지고기와 산나물로 차린 푸짐한 상을 앞에 두고 용하다는 스님의 말을 전해 주었다. 믿으라고 하는 얘기는 아니지만 할수록 신이 나고, 믿지는 않았지만 들을수록 기분이 좋아, 세 사람 모두 오래오래 밥을 씹어 가며 달게 한 얘기였다. 한입 가득 밥을 물고 선한 눈매로 웃던 남편은, 그때 스물일곱을 갓 넘긴 청년이었다.

 — 어머님이 말씀하신 당신 사주 말이야. 재형이 재민이 낳고 나서부터 자꾸 그 얘기가 생각나더라. 아들이 셋이라는데, 혹시 어디에 하나 더 있는 게 아닌가. 이 남자가 딴 살림을 차린 게 아닌가 싶은 게……

 — 후후……

남편이 웃는가. 그 마음 어느 구석에 저 웃음소리를 담아 두었을까.

우리가 아파트로 이사를 오자마자 시어머니가 돌아가셨

다. 병수발을 했던 시누이는 시어머니가 당뇨와 신부전증을 앓으면서도 돈이 아까워 약 대신 아궁이 속의 붉은 흙을 한 움큼씩 드셨다고 했다. 그 시어머니를 땅에 묻으면서 남편은 저런 소리를 냈다. 아빠, 울어? 아빠, 울지 마. 재형이가 남편의 얼굴을 손으로 닦자 남편은 눈물이 흐르는 눈으로 입으로만 후후 바람 소리를 내며 웃는 표정을 아이에게 지어 보였다. 혹시, 그때 묘를 잘못 써서 그런가. 저짝에 있는 저 붉은 꽃나무 아래 묻혔으면 좋겠다. 살아서는 만져 보지도 못한 꽃 이불을 죽어서는 덮어 볼라는지……. 고향 집 앞에 있는 양지바른 산에 묻어달라고 했던 시어머니를 물길만 겨우 피한 외진 산골짜기에 묻었다. 시골집과 텃밭을 팔아 빚을 갚고 겨우 마련한 자리였다. 시어머니를 묻고 돌아서는데 양지바른 앞산에는 키 작은 진달래가 흐드러지게 꽃을 피우고 있었다. 멀리서 보니 푸르게 물이 오른 산에 진분홍 웅덩이가 옴폭옴폭 패여 있는 것처럼 보여서 눈물이 났다. 그게 서운하셨던 걸까.

　시어머니가 돌아가신 그해 겨울에 야간 운전을 하던 남편이 사고를 냈다. 과속을 하다가 앞차를 들이받았다고 했다. 보험 처리를 하면 운전면허가 취소될까 봐 퇴직금을 정산받아 합의를 보고 병원비를 냈다. 직장도 잃고 퇴직금도 날렸지만, 남편은 오히려 이참에 그토록 소원이던 개인택시를 하겠다고 했다. 우습지도 않은 농담이었지만, 남편이 기운을 추스르는 것 같아 다행스러웠다. 그러나 요추가 벌어져 디스크가 밀려 나온 남편은 왼쪽 다리 마비로 더 이상 운전을 할 수 없었다.

베란다 창으로 들어오는 푸르스름한 불빛에 고춧대가 너울너울 춤을 춘다. 남편이 스티로폼 박스에 키운 고추가 바싹 말라 죽은 채로 베란다에 서 있다. 꼭꼭 여민 창틈 어디에서 살바람이 들어와 춤을 추게 했을까. 스산하게 흔들리는 그 모습을 보다가 누워있던 몸을 일으킨다. 고춧대의 움직임을 시작으로 잠시 잊고 있었던 일상의 소리들이 귓속으로 들어온다. 오래된 냉장고에서 윙하는 모터 소리가 들리고, 옆집 욕실에서 나는 수돗물 소리, 아파트 복도에서 술 취한 누군가 대문을 발로 차는 소리도 들린다. 창밖으로 현란하고 분주한 거리가 보인다. 사람들은 떠들고 웃으며 거리를 걷는다. 아내가 싸구려 파마를 하고, 큰 애가 과외를 시작하고……. 그들이 웃음으로 뿜어내는 일상의 작은 모습들이 밤하늘에 둥둥 떠다닌다. 어깨동무를 하고 걷던 사람들은 커다란 벚나무 앞에서 멈춘다. 벚꽃 향기를 맡으며 버스를 타거나 떠나는 이들을 배웅하고 돌아선다. 대로변에 서 있는 가로수 사이에서 유일하게 꽃을 피우는 나무였다. 하얀 가로등 불빛에 은색으로 빛나는 꽃잎은 나비의 날개처럼 제 몸을 파르르 떨며 서로에게 부벼대기도 하고, 은빛 나는 커다란 공을 만들어 곧 하늘로 떠오를 듯 둥실거리기도 한다. 저곳, 저 벚나무 아래에서 밤늦게 퇴근하는 남편을 기다리곤 했다. 벚꽃이 일찍 피면 풍년이 온다며, 남편의 처진 어깨에 세 식구가 기대어 벚꽃 향기를 맡았다.

바람이 부는가. 은빛 벚나무의 꽃잎이 화르르 한쪽으로 날아간다. 언젠가 봄비가 많이 내렸던 밤, 뭉실뭉실 한없이 피어날 것 같던 꽃잎들이 그 밤을 견디지 못하고 모두 바닥에 떨어진 것을 본 적이 있다. 나는 만개한 벚꽃을 보는 게 오늘밤이 마지막이 아닐까, 벚나무에서 눈을 떼지 못한다.

남편의 친구에게서 전화가 왔던 날, 나는 이른 저녁부터 이불을 뒤집어쓰고 누워 있었다. 전에 같이 일하던 김 기사라고, 아시죠? 그 사람이 개인택시 시작할 때, 재형 아빠하고 저하고 둘이서 연대보증을 서서 면허를 샀거든요. 근데 그 새끼가 주식에 미쳐서 깡통 찼대요. 개인택시 번호판도 팔아먹고 할부도 안 끝난 차도 헐값에 넘겼다는데, 우리가 보증 선 게 오천이거든요…… 오늘 꼭 좀 연락 달라고 전해 주세요. 물리치료를 받겠다고 아침에 나간 남편은 저녁 시간이 다 되어 들어왔다. 남편은 기척없는 현관에 잠시 서 있다가 어둠이 눈에 익자 내게 물었다.

－너 우니?

남편은 내가 머리끝까지 올린 이불을 걷지 못하고 주위
에서 맴돌았다.

- 재형아, 엄마 우니?

불이 켜지고 아이들이 뒤척이는 소리가 들렸다.

- 아빠, 오 기사 아저씨 전화 왔었어.

눈치 빠른 재형이가 제 아빠에게 일러주었다. 남편도 이
미 알고 있는 듯 더 이상 묻지 않았다. 이불을 뒤집어쓰고
엎드려 있는 얼굴에 남편의 손이 느껴졌다. 핸들을 잡지 않
고 봄, 여름을 보냈는데도 남편의 손에서는 터분하게 썩는
냄새가 지워지지 않았다. 남편은 이불 속으로 손을 넣어 내
얼굴을 어루만지듯 쓸다가 눈가에 고인 눈물이 만져지자
손을 거두었다. 말없이 한참을 서 있던 남편이 방을 나가
는 소리가 들릴 때, 나는 이불 밖으로 남편의 뒷모습을 보
았다. 굳은살이 두툼하고 딱딱하게 박힌 남편의 발꿈치. 그
것은 내가 따뜻한 물로 닦아줄 때처럼 여전히 동그랗고 단
단한 차돌이었지만, 이제는 가슴속에서 망치라도 들고 뒤
따라가 산산이 부서뜨리고 싶은 충동이 일었다. 남편이 옷
을 벗으면 그 옷을 갈기갈기 찢어버리고 싶고, 물을 마시면
차가운 얼음으로 얼굴을 짓이겨놓고 싶었다. 불길처럼 일
어나는 원망을 어쩌지 못해 다시 이불을 뒤집어쓰고 눈을
감았다. 원망이 가시처럼 돋은 내 눈이 두려웠다. 돈을 잃

었다는 사실만으로 남편을 영원히 미워하게 될 것 같은 마음이, 그 마음을 보고 상처를 입게 될 남편이, 악다구니 한 번 안 쓰고 밝게 키우려고 했던 아이들이 낯선 엄마를 보게 될까 봐 두려웠다. 우리의 전부가 돈뿐이겠느냐고, 생명 같은 자식을 얻었고 가슴이 따뜻해져 오는 기억도 있지 않겠느냐고. 남편과 함께 걷던 길을, 함께 부르던 노래를 생각하려고 애썼다. 하지만 생각하면 할수록 분하고 억울한 마음뿐, 예전의 기억을 떠올릴 수가 없었다. 아무리 머릿속을 뒤져도 행복한 추억이랄 만한 게 없어 안타깝게 애를 쓸 때, 남편이 대문을 열고 나갔다.

- 당신, 그날 있잖아, 같이 보증 선 친구가 전화했던 날.

남편은 잠시 긴장하는 듯 복권 긁는 소리를 멈춘다.

- 당신 그날 새벽에 어디 갔었어?

- …….

- 새벽부터 술집에 갔을 리도 없고.

- … 밖에.

- 밖에 어디?

- 문 밖에.

- 문 밖에 어디?

- 그냥 문 밖에.

가슴 저 밑바닥에 큰 돌이 하나 던져진 듯 굵은 파문이

인다.

- 아침에 들어올 때까지 문밖에 있었어?

- … 음.

그날, 비가 내렸었는데. 남편이 나가는 문소리에 이불을 걷어냈을 때, 유리창으로 빗물이 흐르고 있었다. 비 오는 소리를 들으면서 자는 아이들을 바라보았다. 오늘은 재형이가 학교 운동장에서 놀지 못하겠구나, 걱정했다. 여섯 살 된 재형이는 제 또래들이 유치원을 마치고 학원에 갈 때, 초등학교 운동장에 나가 혼자 놀았다. 쉬는 시간이 되어 아이들이 운동장에 나와 놀면 그 큰 걸음을 따라서 부지런히 뛰어다녔다. 십 분이 지나 아이들이 다시 교실로 들어가면 재형이는 운동장에서 혼자 땅을 파고 구름다리를 건너며 쉬는 시간을 기다렸다. 여름 햇볕에 까맣게 그을린 재형이의 얼굴을 쓸어보고, 땀이 난 재민이의 이마를 닦아주었다. 이 어린 것들이 집을 잃고 거리로 내몰려야 한다는 생각이 들자, 훅하고 울음이 터졌다.

그날 이후, 남편은 복권을 내놓지 않았다. 가족들과 함께 있을 때면 멍하게 텔레비전을 보거나 베란다로 나가 담배를 피웠다. 그리고 깊은 밤이 되면 슬그머니 작은방으로 가서 혼자 복권을 긁었다. 책상에 깔아놓은 유리판 위에서 맑고 크게 울린 그 소리는 어둠에 섞여 온 집안을 맴돌았다. 작은방을 청소할 때면 장판 밑이나 서랍장 밑에서 복권이 나오고 빈 소주병이 방구석에 처박혀 있었다. 일자리를 알아보고 물리 치료를 받고 왔다는 남편의 주머니에는 수십 장의 복권이 검은 비닐봉지에 둘둘 말린 채 깊숙이 들어 있었다. 남편의 복권이 오십 장에서 백 장으로, 백 장에서 이백 장으로 늘어가면서 남편은 술에 취해 아이들에게 신경질을 부리는 일이 잦아졌다. 생활비를 대느라 돌려썼던 서너 장의 카드도 하나둘씩 연체가 되기 시작했다.

봄비가 내린다. 오가는 사람들이 뜸해지고 상점들도 문을 닫는다. 창을 타고 흐르는 빗물에 거리의 불빛이 부옇게 흐려진다. 복권 긁는 소리가 잠시 멈추더니 후드득 하는 소리가 들린다. 수북하게 쌓아놓은 복권을 한 번에 책상 밑으로 떨어뜨리는 소리였다. 빳빳한 복권은 제 나름의 비행을 하며 방바닥으로 떨어진다.

- 여보… 잘 안돼?

- …….

- 벚나무 아래에는 벚꽃 향기 때문에 클로버가 살지 않는대.

- …….

- 우리 같은 사람에게는 행운을 바라는 것도 큰 욕심이었나 봐. 처음부터 네잎클로버는 없었는데 말이야.

복권을 긁던 남편은 아무 소리도 내지 않는다. 예전처럼 다 긁은 복권을 쌓아두고 검은 벽을 향해 우두커니 앉아 있는 건 아닌지. 남편이 잠시 소리를 접은 틈으로 어느새 굵어진 봄비 소리가 가득 채워진다.

남편의 빚보증 때문에 친정에 손을 벌렸다. 그 돈으로도 모자라 은행에서는 아파트의 임대 보증금이라도 내놓으라며 몇 번씩 전화를 해댔다. 그래도 남편은 여전히 술을 마시고 복권을 긁었다. 결국, 그 모습을 보다 못한 내가 일자리를 찾았다.

저녁이면 아이들에게 간식거리를 챙겨주고 노래방에 나갔다. 얇은 원피스 하나만 걸치고 노래방 기계의 버튼을 눌렀다. 노래방에서 카운터를 구한다는 광고를 보고 전화했지만 노래방 주인은 도우미를 권했다. 시간당 삼만 원이라는 돈도 그랬지만 무엇보다 아이들을 따로 맡기지 않아도 된다는 게 마음에 들었다. 노래방에서 보름을 일한 돈으로 밀린 아파트 관리비를 내고 휴대폰을 샀다. 휴대폰 번호를 전화기에 저장하면서 재형이에게 가르쳤다. 이거 눌러서 엄마한테 전화해. 아이들은 휴대폰이 울릴 때마다 소리에 맞춰 엉덩이를 흔들었다. 내가 가사를 외우느라 노래를 흥얼거릴 때도 재민이와 재형이는 뜻도 모르는 노래를 따라 불렀다. 불경기라고 하는데도 노래방은 손님이 넘쳤다. 부

르스까지 추면서 기분을 맞춰주면 몇 만 원씩 팁을 주는 손
님도 있었다. 시간당 만 원을 더 준다는 룸은 두꺼운 유리
때문에 안이 보이지 않았다. 불투명하고 뿌연 유리 안으로
들어가는 도우미들은 웃으면서도 우는 듯 보였다. 나올 때
도 눈물이 고인 눈으로 웃고 있었다.

　비 내리는 호남선… 휴대폰을 주머니에 넣고 마이크와
탬버린을 들었다. 남행열차에… 아줌마, 좀 더 화끈하게 흔
들 수 없어? 술에 취한 남자가 내 허리를 잡고 돌렸다. 남
자의 입에서 풍기는 술 냄새에 구역질이 올라왔다. 눈물도
흐르고, 내 눈물도 흐르고… 아줌마 바이브레이션 죽이는
데… 나도 잘 떨어, 봐봐… 술 취한 남자가 아랫도리를 들
이밀며 허리를 잡은 손에 힘을 주었다. 잃어버린 첫사랑도
흐르네… 주머니에서 진동이 느껴졌다. 여덟 시부터 시작
했으니까 열 시쯤 되었을 것이다. 매일 밤 열 시면 아이들
은 잠결에 취해 엄마를 찾았다. 깜빡깜빡이는, 희미이한 기
억 속에… 한 번, 두 번, 세 번. 다시 진동이 울렸다. 귓가에
재민이의 울음소리가 들리는 것 같았다. 남자의 손이 스멀
스멀 가슴 쪽으로 올라왔다. 엄마, 아빠가 또 술 마셔. 아빠
가 우리 때렸어. 재형이의 목소리가 들리는 것 같아 노래를
부를 수가 없었다. 그때 만난 그 사람, 말이 없던 그 사람…
아줌마, 아저씨 그거 잘해? 응? 남자가 귓가에 뜨거운 숨을

내뿜었다. 자꾸만 멀어지는데… 이미 쉬어 버린 목소리가 힘겹게 갈라져 나왔다. 만날 순 없어도 잊지는 말아요, 당신을 사랑했어요. 남자가 입을 맞추었다. 룸 안에 있던 남자들이 환호성을 지르며 박수를 쳤다.

　열두 시가 넘어 집으로 돌아갈 때면 항상 술에 취해 있었다. 저녁 내내 들이부은 술이 꾸역꾸역 올라왔다. 침을 뱉고 손등으로 입을 닦았다. 애들한테 창피한 거지 남편한테 미안해서가 아니야. 혼자 중얼거리며 걷던 나는 베란다에 나와 있는 아이들을 보았다. 아이들은 뭐라고 소리를 지르며 손을 높이 쳐들고 깡충깡충 뛰고 있었다. 재형이와 재민이. 붉게 번져 있을 입술을 세게 문지르고 찬 손으로 뺨을 두드렸다. 오랜만에 보는 아이들의 즐거운 모습에 나도 모르게 웃음이 나왔다. 아이들을 쳐다보며 아파트 현관으로 다가갔을 때, 하늘에서 떨어지는 은빛 꽃잎을 보았다. 아파트 곳곳에서 환하게 비추는 가로등 불빛에 반짝반짝 빛을 내며 은빛 꽃잎이 떨어지고 있었다. 금박 은박을 입힌 복권이었다. 엄마, 엄마야? 엄마 빨리 와 봐. 만날 순 없어도, 잊지는 말아요… 멍하게 서 있던 내게 복권을 떨어뜨리며 재형이가 노래를 불렀다. 그리고 남편이. 화단 저편 어두운 구석에서 떨어진 복권을 줍는 남편의 등이 보였다. 어둠 속에서 무릎까지 꿇고 앉아 손을 더듬어 복권을 줍는…… 저

게 내 남편인가. 듬직하게 여문 어깨로 나를 업어주던 그 남자인가. 남편이 고개를 들고 나를 쳐다보았다. 남편의 손에는 아이들이 떨어뜨린 금빛, 은빛 복권이 가득 들려있었다. 나는 천천히 고개를 돌리고 걷기 시작했다. 화단 넘어 보도블록에 떨어진 복권 한 장을 남편에게 보란 듯이 구두로 꼭 밟고 지나갔다.

ㅡ 극극극극.

비가 오는 창밖이 희붐하다. 남편은 쉬지 않고 복권을 긁는다. 일년 내내 복권을 긁은 손가락에는 얇게 골이 파인 지문마다 은빛 가루가 박혀 있을 것이다. 그러나 남편의 손가락은 은빛 가루를 품고도 검게 죽어 갔다. 그때, 남편의 손을 한 번만 눈여겨보았더라면. 시린 손을 따뜻하게 감싸던 그 손, 밤 새워 운전을 하고도 아침이면 재형이 재민이를 번쩍번쩍 들어 올리던 그 손. 검은 잉크와 붉은 피로 얼룩진 그 손을 지금 볼 수 있을까, 한번 잡아볼 수 있을까. 극극극극 하는 소리가 멈춘다.

ㅡ … 늦었어. 너무 더러워.

남편은 조금 화를 내듯 말한다. 그의 낮은 목소리에 험한 산 깊은 골짜기를 돌아 휘몰아치는 바람이 묻어 있다. 문득 낯설게 들리는 남편의 목소리에 이불을 턱까지 끌어올린다. 남편이 있는 작은 방에서 얼음처럼 차가운 한기가 새어 나온다. 남편은 내게 화를 내고 있는 것일까. 남편과 마주치면 병신 새끼, 나쁜 새끼라고 욕을 하던 내게. 직장을 잃고 아내와 아이를 잃었던 남편에게 벌 줄 모르면 훔쳐서라도 가져오라고 소리를 질렀던 나를 남편은 미워하고 있는지도……. 아니다. 남편은 나에게 화를 내는 게 아니라 그런 나날들에 대해서, 가난과 싸움질로 엉망이던 집에 대해서 화를 내는지도 모른다. 추위에 떠는 아이들이 새우처럼 둥글게 몸을 말아 잠을 자고 밥 대신 과자를 먹었던 날들에 대해서 화를 내는지도 모른다. 그 여름 내가 이불 속에서, 남편이 아니라 돈을 미워하자며 입술을 깨물었던 것처럼. 이 세상에서 잘못된 것은 자식 때문에 돈 욕심을 냈던 자신이 아니라, 살아 보겠다고 노래방에 나가 춤을 추는 아내가 아니라, 정직하고 성실하게 흐를 줄 모르는 돈뿐이라고. 남편은 지금 복권의 잉크가 찌들고 피가 묻어 얼룩진 자신의 손을 바라보며 그렇게 생각하는지도 모른다.

그날은 술을 많이 마셨다. 마음만 먹는다면, 누군가 팔을 잡아끈다면 노래방을 나가 2차를 갈 수도 있을 것 같았다. 노래방 주인은 석 달이 넘도록 2차에 나가지 않은 도우미는 나쁘이라고 은근히 부추겼다. 여덟 시쯤 노래방에 들어와 두 시간 동안 노래를 불렀을 때 전화가 왔다. 엄마, 아빠가 가방 다 풀어 놨어. 엄마가 싸준 가방 다 풀었어… 재형이의 목소리와 재민이의 울음소리가 크게 들렸다. 괜찮아, 재형아. 너하고 재민이가 내일 외할머니네 간다고 아빠가 서운해서 그러는 거야. 아빠가 작은 방에 들어가면 그때 다시 싸 둬. 알았지?

복권을 줍는 남편의 모습을 본 뒤로, 나는 남편을 쳐다보지 않았다. 아이들도 내 눈치를 보느라 아빠가 있는 작은 방에 들어가지 않았고, 남편이 아이들 얼굴이라도 만지려고 하면 내가 아이를 안고 피해 버렸다. 직장을 알아보라는 얘기도 하지 않았다. 대신 내가 분식집 주방 일을 구하고, 아이들을 친정에 맡기기로 했다. 허황된 욕심을 쫓으며 술에 취해 있는 남편에게 아이들을 맡겨 둘 수는 없었다.

전화를 끊고 노래방으로 들어갔다. 한 시간이 다 되어갈 때, 또다시 주머니에서 진동이 울렸다. 어두운 노래방 구석에서 탬버린을 흔들며 손님들 몰래 전화기를 귀에 댔다. 엄마, 엄마, 아빠가 이상해… 아빠가 술 마셨어, 재민이를 벽에 던졌어. 얼마나 울었는지 재형이가 흐느끼느라 말을 잘 잇지 못했다. 노래방에서 술에 취한 누군가가 휴대폰을 뺏고 어깨를 돌려 세웠다. 내 손에 들려 있던 탬버린을 뺏어 내 엉덩이에 치며 노래를 불렀다. 야, 노래 불러, 노래. 남자가 억지로 내 손에 마이크를 쥐여주면서 어깨를 끌어안았다. 재형이의 목소리에 마음이 불안해진 내가 몸을 빼자 가슴속에 돈 이만 원을 반으로 접어 찔러주었다. 나는 다시 노래에 맞춰 몸을 흔들었다.

2차를 가자며 허리를 잡는 손을 뿌리치고 서둘러 택시를 잡았다. 택시가 빠른 속도로 모퉁이를 돌자 울컥 구역질이 솟았다. 가슴을 움켜잡고 눈을 크게 떴다. 하루 종일 택시 안에 있으면 온몸이 흔들려. 머릿속도 흔들리고 뱃속도 흔들려. 길바닥에 다리를 딛고 서면 몸속에서 큰 파도가 일렁이는 것 같아. 남편의 말이 생각났다. 택시에서 내려 아파트로 걸어가면서 불길한 예감에 뒷목이 뻣뻣하게 굳어 왔다. 아파트 입구에 들어섰을 때, 구급차의 붉은 색 경광등이 눈에 들어왔다. 엄마, 아빠가 재민이를 던졌어…. 설마 하는 마음과 피를 흘리며 쓰러져 있는 아이의 환영에 급해진 발길이 서로 엇갈려 자꾸만 비틀거렸다. 구급차 주위에 몰려 있는 사람들 틈으로, 누군가 아파트 화단에 엎드려 있는 걸 보았다. 어른 키였고, 남자였다. 바싹 마른 몸에 덤불 같은 머리칼이 목 뒤까지 내려와 있다. 순간 긴장이 풀리면서 바닥에 주저앉을 듯 다리에 힘이 빠졌다. 성냥개비 같은 다리와 앙상한 팔이 모진 풍파를 오래 겪은 노인의 것처럼 보였다. 노인의 몸은 젊은 사람의 몸보다 가벼웠을 것이다. 살 만큼 산 노인의 죽음은 미련이나 원망도 없는 가벼운 것이리라 생각했다. 깃털처럼 가볍게 내려앉았을 노인의 어깨와 팔을 보았다. 그리고 등과 허리, 다리로 눈길을 옮겼을 때, 맨발인 채 드러난 발뒤꿈치를 보았다. 아, 굳은 살이 두껍게 박힌, 차돌처럼 단단하고 유난히 동그란 발꿈치가……. 두 손으로 정성스럽게 닦아줄 만큼 사랑했고 망치로 내려쳐 산산이 부수어놓고 싶던, 그렇게 원망하고 저주했던 발꿈치가 눈에 익었다. 그제야 단정하고 고와보이던 시신이 팔이 비틀려 돌아가고 다리가 부러져 꺾여 있다는 걸 알았다. 시신 아래에 저보다 더 큰 그림자처럼 널브러져 있는 게 내 남자가 쏟아낸 피라는 걸 알았다. 땅이 흔들리는 진동을 느끼며 눈을 감았다. 화단 주위에는 공중에서 뿌린 듯 반짝이는 복권이 꽃잎처럼 흩어져 있었다.

비가 그쳤다. 베란다 창으로 환한 아침이 밝아 온다. 남편은 사라졌는가. 방에서 들리던 소리가 멈춘 게 한참 전이다. 창문을 열어 벚나무를 쳐다본다. 밤새 내린 봄비에 꽃잎이 모두 떨어져 버린 모양이다. 사람들의 입에서 나온 파란 새와 비눗방울처럼 뿜어져 나오던 바쁜 숨결을 꽃잎 사이사이 숨겨 놓았던 나무는 이제 앙상한 가지만 남았다. 담장에 가려 보이지 않는 나무 밑둥에, 떨어진 꽃잎이 소복하게 쌓여 있을 것이다. 꽃무덤이네… 죽어서도 저렇게 예쁜 게 또 있을까. 남편이 그 옆을 지나가면서 한 얘기였다. 꽃무덤. 흔히 듣는 말이었는데도, 남편의 입에서 나온 그 말은 오랫동안 가슴에 남을 만큼 화사하고 아름답게 들렸다. 이부자리를 걷고 어둠 속에 벗어 던진 허물들을 몸에 꿴다. 사람이 떠나고 마음이 멀어진 집안은 꽃잎이 떨어진 나무처럼, 금박을 벗겨낸 낡은 복권처럼 서글프고 을씨년스럽다. 큰방을 나와 작은방을 지나칠 때 조금 열린 방문 틈을 들여다본다. 남편이 밤새 앉아 있던 의자와 책상 모서리가 보인다. 대문을 열고 나와 엘리베이터를 탄다. 아직 남편의 온기가 남아 있었을 때, 모든 것이 그대로 있었을 때. 그때처럼 은벚나무의 꽃무덤을 보고 싶다. 이제는 마지막이 될 그 꽃무덤을 보면서 남편의 목소리를 듣고 싶다. 아빠의 목소리가 그리울 아이들을 데려와 꽃무덤을 보여 주고 싶다. 그러고 나면 가파른 고갯길을 삼십 분씩 오르는 미련한 짓을 그만둘 수 있을 것 같다. 어제 본 그 집이라도 다시 얻어 새롭게 시작할 수 있을 것 같다. 이른 아침 부는 바람에 꽃잎이 날아갈까 조바심이 인다. 급한 마음에 벚나무를 향해 뛰어가기 시작한다.

벌레의 눈

나는 나쁜 어린이다. 그래서 벌을 받는다. 지하에 있는 작은 방, 작은 방 안에 있는 작은 침대, 그 위에서 하루 종일. 언제까지 벌을 받아야 하는지는 잘 모른다. 하지만 감옥에서 나가는 날이 오면 나는 착한 어린이가 될 거다.

내 친구 벌레도 벌을 받는다. 벌레를 처음 만났을 때는 하얗고 통통해서 애기처럼 귀엽고 예뻤는데 지금은 아니다. 검고 바싹 말랐다. 아직 날개가 돋지 않았으니까 어른 벌레는 아니다. 애기도 아니고 어른도 아니니까, 그냥 벌레다. 벌레는 내가 그린 집에서 산다. 위로 길게 솟은 3층집. 1층이나 2층은 없다. 그냥 3층이다. 대문도 없고 계단도 없다. 두꺼운 커튼이 쳐진 작은 창문만 있다. 그래서 벌레는 집에서 나올 수가 없다. 집에서 나오려면 어른 벌레가 되어야 한다. 벌레에게 날개가 생기면, 착한 어린이가 된 내가 벌레를 데리고 공원으로 갈 거다. 공원에서 제일 높은 나무에 멋진 집을 만들어 줄 거다.

우리 집 창문을 가리고 있던 자동차가 천천히 움직인다. 자동차가 뿜어내는 연기에서 매캐한 냄새가 난다. 1층 아줌마의 자동차다. 언젠가 엄마가 창문 앞에 차 대지 말라고, 먼지 나고 햇빛 가린다고 말했다. 베란다에서 담배를 피우며 얘기를 듣고 있던 1층 아저씨가 창밖으로 가래를 뱉었다. 아니, 내가 내 집 앞에 차 대는 게 무슨 문제야? 엄마는 우리 집 창문 앞에 떨어진 아저씨의 가래침을 쳐다보다가 그냥 내려왔다. 그 다음부터 아줌마의 차가 우리 집 창문을 가려도 엄마는 아무 말도 안 한다. 창문에 바싹 붙어 있던 자동차 바퀴가 사라졌다. 어두웠던 방 안이 환해진다. 우리 방에도 아침이 온다.

- 아침에 일어나면 오줌 누고 밥 먹어. 남기지 말고 다 먹어야 돼.

나는 오늘도 엄마를 보지 못했다. 엄마는 내가 잘 때 들어와서 내가 깨기 전에 회사에 간다. 하지만 엄마가 말한 대로 일어나자마자 오줌을 누고 밥상에 앉는다. 엄마가 해 놓은 볶음밥과 계란프라이는 차가워져서 맛이 없다. 그래도 배가 고프니까 다 먹는다.

- 밥 다 먹으면 화장실에 가서 치카하고 세수도 해야지.

화장실에 가서 치카도 하고 세수도 한다. 밥도 먹고 세수도 했으니까 이제 텔레비전을 볼 차례. 나는 텔레비전 리모컨을 누르고 얼른 침대 위로 뛰어오른다. 파워포스 레인저 지구의 평화를 위해 고우고우. 베개와 이불을 침대 밑으로 던져 버리고 덤블링을 한다. 방안을 울리는 커다란 노랫소리에 알 수 없는 힘이 솟는다. 파워포스 레인저 다섯 전사들이 멋지게 출동한다. 파워 레인저 옐로우 이글. 커다란 날개를 펼친 독수리 전사가 하늘에서 날아온다. 두 번째 전사는 파워 레인저 레드 라이언. 나는 두 팔을 치켜들고 사자처럼 입을 크게 벌려 소리 지른다. 나는 파워 레인저 레드 라이언이다. 오그를 물리칠 때 제일 앞에서 싸우는 용감하고 힘센 대장. 소리도 우렁차고 덤블링도 쉬지 않고 세 번이나 한다. 하늘 높이 떠올라 뿔 달린 오그에게 멋진 발차기를 날린다.

하늘에 떠 있는 섬 애니머리움. 노랫소리가 그치고 바람이 불면서 마법의 연못이 일렁인다. 물이 부글부글 끓어오른다. 부연 김 속에 검은 그림자가 어른거린다. 파워 레인저가 숨을 죽이고 마법의 연못을 들여다본다. 드디어 깊은 연못에서 서서히 떠오른 검은 형체가 땅바닥에 내려앉은 창문을 톡톡 두드린다. 고장 난 잠금쇠를 이미 알고 있는 듯 망설임 없이 창문을 연다. 오그다. 오그가 나타났다. 간식 먹어야지? 오그가 크림빵을 흔들어 보인다. 엄마는 나가셨니? 방범창에 얼굴을 대고 방 안을 살핀다.

머리에서 뚝 따서 여기다 붙였지. 착한 어린이는 모르게, 떼쓰고 우는 애들한테만 보이게. 기사님이 손가락으로 다리 사이를 가리켰다. 검은 털이 가득한 다리 사이에 엄청나게 큰 뿔이 솟아 있었다. 기사님과 단둘이 어린이집에 있던 날이었다.

아빠와 함께 살 때는 하루 종일 집에 있었는데, 이제는 아빠가 없어서 나는 어린이집에 가야 했다. 엄마는 매일 늦었다. 종일반이 끝났는데도 밤늦도록 오지 않았다. 엄마에게 전화하던 선생님은 문을 쾅 닫고 나가 버렸다. 나는 엄마가 올 때까지 교실에서 혼자 가만히 있었다. 선생님이 정리한 레고나 장난감을 건드리면 손을 들고 벌을 서야 했다. 그렇게 며칠이 지났을 때 선생님은 나를 어린이집 뒷마당으로 데려갔다. 노란 차를 닦던 기사님 손에 내 손을 쥐여 주고 집에 가 버렸다. 기사님이 나를 마당 구석으로 데리고 갔다. 초콜릿을 주고 머리를 쓰다듬고 꼭 안아 주었다. 다음날부터 나는 엄마가 올 때까지 기사님과 둘이 함께 있었다. 그러다가 어떤 날, 내가 하루 종일 울었던 적이 있었다. 엄마가 많이 아파서 병원에 간 날이었다. 엄마는 괜찮다고 했지만 나는 울음이 나왔다. 어린이집 불이 꺼지자 컴컴하던 하늘에서 빗방울이 떨어졌다. 기사님과 뒷마당에 있는 창고로 들어갔다. 모래놀이할 때 쓰는 장난감이나 양동이가 아무렇게나 쌓여 있었다. 축축한 먼지 냄새와 우당탕탕, 지붕에 떨어지는 빗방울 소리. 기사님은 빵도 주고 춥지 말라고 꼭 안아 주었지만 나는 무서워서 눈물이 나왔다. 울면 못쓴다, 우는 어린이는 못된 어린이지. 기사님이 낮은 목소리로 말했다. 나는 울음을 그쳤다. 희미한 불빛에 보이는 기사님의 얼굴이 화난 것처럼 무서워보였다. 한참 동안 내 얼굴을 쳐다보던 기사님이 내 뺨에 얼굴을 비비면서 옷 속으로 손을 넣었다. 등과 겨드랑이를 쓰다듬다가 내 손을 꼭 잡았다. 울면 안 돼, 못된 어린이는 벌 받는 거야. 그리고 내 손을 기사님 바지 속에 넣었다. 뜨겁고 큰 뿔. 오그다. 텔레비전에서 보았던 오그. 애니머리움 연못에 사는 괴물. 오그의 머리에 있던 뿔이 기사님의 바지 속에 있었다. 봐봐, 무섭지……. 내 뺨에 닿은 기사님의 얼굴이 뜨거웠다. 아픈 소리를 내며 이상하게 웃었다.

엄마, 기사님은 오그야. 뿔이 있어, 이만한 뿔이 있어. 늦게까지 일을 한 엄마는 너무 힘들어서 내 말이 안 들리는 것 같았다. 집에 오자마자 씻지도 않고 잠이 들었다. 다음날 아침에도 엄마한테 말했다. 기사님은 오그야, 엄마. 엄청 큰 뿔이 여기에 있어. 내가 봤어. 머리를 말리던 엄마가 내가 쥐고 있던 수저를 빼앗아 싱크대에 던졌다. 계단에서 엄마를 따라 올라가다가 넘어졌는데도 엄마는 돌아보지 않았다. 멀리서 어린이집 버스가 보였다. 네, 골드리치 보험 설계사 이 부연입니다. 엄마는 한 손으로 핸드폰을 들고 다른 손으로는 내 등을 밀었다. 내가 버스에 타기도 전에 돌아서서 버스 정류장으로 달려갔다.

오그는 아침마다 노란 버스를 타고 왔다. 버스 문이 열리면 오그가 나를 보고 웃었다. 나도 모르게 오줌이 나왔다. 아이들이 웃으면서 내 바지를 가리키며 코를 쥐고 토하는 흉내를 냈다. 나는 어린이집에 가기 싫어서 아침마다 크게 소리 지르고 울었다. 엄마를 숟가락으로 때리고 발로 찬 적도 있었다. 그래서 엄마는 회사에 지각했다. 지각할 때마다 벌금을 낸다며 엄마는 화를 냈다. 지각을 많이 하면 회사에 다닐 수 없고, 회사에 못 다니면 굶어 죽는다고 했다. 어린이집에서는 오그와 마주칠까 봐 교실 밖으로 나가지 못했다. 모래놀이 시간에도 혼자 교실에 있었고 밥을 먹다가 토하기도 했고 낮잠 시간에도 잠을 자지 않았다. 하지만 아이들이 모두 집에 가면 교실 밖으로 나와야 했다. 선생님이 내 손을 잡고 기사님한테 끌고 갔다. 우는 어린이는 못된 어린이지. 오그의 말이 생각나서 무서워도 꾹 참았다. 하지만 점점 시간이 지나고 어두워지기 시작하면, 그때까지도 엄마가 오지 않으면 나도 모르게 다리가 덜덜 떨리면서 울음이 났고 나중에는 기절할 때까지 소리를 질렀다. 이대로 밤이 오면 영영 오그에게 잡혀 집으로 가지 못할 것 같았다. 선생님이 엄마를 불렀다.

　— 추가 돌봄이 가능한 곳을 알아보셔야 할 것 같아요.

엄마가 화장지를 찾아 코를 닦으며 울먹였다.

　— 제가 지금 여력이 없어서요. 죄송하지만, 다른 아이들 하원 시간에 맞춰 집에만 데려다 주시면 안 될까요?

가방에서 집 열쇠를 꺼내어 선생님한테 내밀었다.

　— 혼자서도 잘 놀아요……

방문이 열리고 오그가 나타난다. 나는 이제 어린이집에 가지 않는데도 오그는 우리 집에 온다. 오그가 웃으면서 내 손을 잡아당긴다. 포장을 벗긴 크림빵을 손에 쥐여준다. 나는 양손에 빵을 들고 가만히 서 있다. 마법에 걸린 것처럼 아무것도 할 수 없다. 오그가 내 머리를 쓰다듬고 목덜미의 냄새를 맡는다. 옷 속에 손을 넣고 겨드랑이와 팔뚝을 만진다. 오그의 얼굴이 붉게 변한다. 눈을 가늘게 뜨고 두툼한 입술을 벌린다. 지하 동굴의 썩은 냄새를 풍기며 이상한 소리를 낸다. 오그가 바지를 내린다. 거대한 뿔이 솟아 있다. 검붉고 털이 무성한 뿔이다. 오그가 맨살이 드러난 내 엉덩이를 양손으로 쥐고 크게 숨을 들이쉰다. 곧 엉덩이에 오그의 뿔이 닿는다. 뜨겁고 단단하고 뾰족한 오그의 뿔이 내 엉덩이에 닿는다. 이리저리 움직이며 뿔로 찌르고 문지른다. 나는 눈을 꼭 감는다. 사람의 가면을 벗고 오그로 변한 무서운 기사님을 보면 기절할 것 같다. 나는 울음소리가 나올까 봐 입을 꼭 다문다. 소리 지르고 발버둥 치면 벌은 더 길어진다. 눈물과 콧물이 흘러 숨이 막힌다. 그래도 나는 참는다. 빨리 오그의 벌이 끝나기를 기다린다.

한낮이 되면서 방 안이 따뜻해졌다. 창문으로 들어온 햇빛이 침대를 지나 텔레비전 아래까지 닿아있다. 밥 먹고 씻고 텔레비전 보고, 텔레비전 보고…… 엄마는 텔레비전을 보고 나서는 뭘 해야 하는지 말해 주지 않았다. 그래서 나는 침대에 가만히 누워 있는다. 누워서, 나처럼 가만히 엎드린 벌레를 본다.

벌레가 우리 집에 온 건 아주 더운 날이었다. 두꺼운 옷을 입고 목욕탕에 들어간 것처럼 땀이 났다. 덜덜거리며 돌아가는 선풍기에서도 뜨거운 바람이 나왔다. 저녁이 되었을 때, 어떤 아저씨가 우리 방 창문 옆에 오줌을 누었다. 가끔 술 먹은 아저씨들이 그럴 때가 있었는데, 그날은 아빠가 후

다닥 달려 나가 주먹으로 얼굴을 때렸다. 팬티만 입은 아빠의 다리에 알통이 생겼다가 없어졌다가 했다. 퇴근하던 엄마가 아빠를 보고도 모르는 척 집에 들어왔다. 상에 펼쳐놓은 책을 창밖으로 던져버리고 창문을 닫았다. 조금 있다가 아빠가 책을 주워 들고 집으로 들어왔다.

- 창피하지도 않니, 그 꼴로?

엄마가 말했다. 주운 책을 상위에 올려놓은 아빠가 화장실 문을 열었다. 엄마가 다시 책을 들어 아빠의 등으로 던졌다. 아빠가 열었던 화장실 문을 쾅 소리 나게 닫아버리고 옷장에서 옷을 꺼냈다. 큰 가방에 옷과 책을 아무렇게나 쑤셔 넣었다.

- 이번 시험까지만 고시원에 가 있을게.

- 고시원에 가면 달라져? 6년이야, 6년.

- 그래서 어쩌라고? 이제 와서 배달이라도 뛰라고?

- 너 마누라한테 얹혀살고 있어. 팬티만 입고 나가서 주먹질이나 하는 주제에 배달이고 뭐고 따질 게 뭐가 있어?

아빠가 가방을 들고 문을 열었다. 내가 달려가서 가방을 잡았다. 가방을 놓치면 아빠의 손을 잡았고 손을 놓치면 다시 가방을 잡았다. 아빠에게 매달려 계단을 올라갔다. 땅에 올라왔을 때 방에서 유리 깨지는 소리가 들렸다. 창문으로 엄마가 소리쳤다.

- 이 나쁜 자식아. 니 꿈만 꿈이니? 나도 꿈이 있어. 쟤를 봐, 쟤한테도 꿈이 있어.

창문이 탁하고 닫혔다. 아빠가 나를 가만히 내려다보았다.

아빠하고 큰 가방을 들고 돌아다녔다. 시장에 가서 장난감하고 풍선을 샀다. 오는 길에 공원에도 들렀다. 밤인데도 사람들이 많았다. 가게에서 손전등을 사고 빈 종이컵을 얻었다. 아빠가 손전등으로 나무에 뚫린 구멍을 비추고 나뭇가지를 밀어 넣었다. 아빠, 벌레 있어? 진짜? 나뭇가지에 몸을 돌돌 만 애벌레가 나왔다. 애벌레는 나무 구멍 속에서 몇 년을 산다고 했다. 몸이 조금씩 커질 때마다 턱을 움직여 나무를 갉아 방을 넓힌다고 했다. 혼자? 안 무서워? 내가 말했을 때, 무섭고 힘든 걸 참아야 어른 벌레가 되는 거야, 아빠가 말했다. 애벌레를 종이컵에 넣고 아이스크림을 먹으며 집으로 돌아왔다. 아빠가 다시 오면 꼭 저기로 이사 가자. 아빠가 길 건너 3층집을 가리켰다. 언제 올 건데? 이제 금방. 애가 어른 벌레 되면. 나는 종이컵을 들여다보았다. 우리가 하는 얘기를 몰래 듣는 것처럼 벌레가 몸을 웅크리고 가만히 엎드려 있었다.

집에 데리고 온 벌레는 조금씩 작아졌다. 새끼손가락만 했던 몸이 지금은 이쑤시개처럼 가늘어졌다. 해도 가려주고 설탕물도 주었는데 이렇게 되었다. 너무 말라서 몸속에 있던 날개도 부서졌을 것 같다. 벌레는 꼼짝도 하지 않는다. 하루 종일 장수하늘소와 사슴벌레와 나비만 쳐다본다. 장수하늘소는 더듬이가 없다. 더듬이 때문에 나뭇가지에 걸리면 안 되니까 내가 잘라주었다. 나비에게는 오렌지 쥬스를 부어 주었다. 하지만 이제 쥬스 냄새는 나지 않는다. 날개도 얼룩지고 구겨졌다. 그래도 나는 사진을 떼지 않는다. 장수하늘소와 사슴벌레와 나비는 벌레에게 힘을 주니까. 친구끼리 모여 있으면 무섭고 힘든 걸 참을 수 있으니까 사진을 뗄 수 없다.

하얀 창문에 검은 점이 통통 튄다. 열린 창틈으로 낯선 아저씨가 나를 쳐다본다. 햇빛을 등진 얼굴이 그림자처럼 검다. 땅에 바짝 엎드린 어깨 위로 하얀 구름이 지나간다.

- 아가야, 우유 먹고 싶지? 우유 먹어야 튼튼해진다.

아저씨가 우유 한 팩을 창턱에 얹으며 방안을 둘러본다.

- 엄마 안 계시니?

- …….

방안을 둘러보던 아저씨는 아구구 아픈 소리를 내며 허리를 편다.

- 엄마한테 보여주고 먹어라. 우유 신청하면 멜로디폰도 주고 멋진 책상도 준다. 엄마한테 우유 먹자고 해.

아저씨가 지나가고 아저씨 손에 잡힌 카트가 따라간다.

잠깐 바람이 불면서 과자봉지가 유리창을 스치고 엄마와 똑같은 구두를 신은 아줌마가 지나간다. 또각또각. 다리가 옮겨질 때마다 앞뒤로 흔들리는 검은 봉지. 비닐봉지 안에는 잘게 부수어 스프에 찍어 먹던 라면과 담배와 소주와 스타킹. 비닐봉지 안에 든 건 햄과 국수와 캐러멜과 천하장사 소시지.

엄마는 계단을 내려오기 전에 먼저 창문으로 나를 불렀다. 내가 고개를 내밀면 엄마가 짜잔하고 소시지를 창문으로 넣어 주었다. 내가 소시지를 먹는 동안 엄마는 창턱에 쭈그려 앉아 담배를 피웠다. 하얀 연기가 검은 하늘로 날아갔다. 그런 날에는 치즈가 들어간 햄과 짜장라면을 먹었다. 작은 침대에서 베개를 같이 베고 잠이 올 때까지 노래도 부르고 재미있는 이야기도 들려주었다. 엄마의 목소리는 귓가를 간지럽히며 맴돌다가 스르르 꿈속으로 사라졌다. 하지만 추운 겨울이 되면서 엄마 얼굴을 보지 못했다. 나는 엄마가 올 때까지 안 자고 기다리고 싶은데 그게 잘 안된다. 이불 속에 들어가서 기다려서 그렇다. 낮에는 괜찮은데 밤이 되면 추워서 이불 속에 있고 싶다. 엄마가 오는 소리를 들으려고 창문을 열어 두어서 더 춥다. 그래서 이불을 두 개나 덮고 있다. 그러면 엄마보다 먼저 잠이 온다.

나는 힘껏 침대 위를 구른다. 내가 구르는 힘만큼 침대는 나를 튕겨서 위로 올려준다. 아주 잠깐, 아주 조금, 세상이 넓어진다. 검은 비닐봉지나 가방, 사람들의 다리, 가끔은 개나 고양이, 유모차의 바퀴, 바람에 휩쓸려가는 나뭇잎들. 아주 멀리, 꿈처럼 아득하게 보이는 푸른 하늘과 움직이는 구름. 그 아래로 보이는 3층집. 1층도, 2층도 없고 3층만 있는 집. 아무리 높이 뛰어도 1층과 2층은 보이지 않는다. 땅바닥에 그어진 창턱이 너무 높다. 점점 다리에 힘이 빠진다. 멀리 보이던 나무와 집이 사라지고 창문 옆을 지나가던 무언가도 보이지 않는다. 보이는 건 하늘을 가린 뿌연 흙먼지, 흙먼지를 뒤집어쓴 우유. 배가 고프지만 먹을 수 없다. 엄마한테 보여주고 먹어라. 우유 아저씨가 말했기 때문이다. 엄마가 올 때까지 기다려야 한다. 꼭 이 방에서, 침대 위에서. 다시 어린이집에 가지 않으려면, 울지 말고 조용히.

  - 어떤 집이에요?

하얀 가운을 입은 의사 선생님이 물었다. 엄마는 내가 아파서 병원에 간다고 했는데 의사 선생님은 열도 재지 않고 배를 걷어보지도 않았다. 대신 이상한 그림을 많이 보여 주었다. 상어의 이빨이나 박쥐, 머리가 헝클어진 여자 그림 같은 것. 내가 어떤 그림인지 말하면 선생님이 수첩에 적었다. 틀렸는지 맞았는지는 말해주지 않았다. 그림을 다 보고 나서 선생님은 하얀 종이를 주었다. 집을 그리라고 했다. 집 그림. 우리 집 그림. 우리 집은 사람들이 걸어 다니는 길에 창문이 있고, 창문 옆에 벽이 있고, 천정이 있다. 나는 길게 선을 그었다. 선 위에 네모난 창문을 그렸다. 그리고 벽을…… 땅 밑에 있는 우리 집 벽을 어떻게 그려야 할지 모르겠다. 땅 밑에 있는 대문을 어떻게 그려야 할지 생각이 나지 않았다. 나는 길게 그었던 선을 지웠다. 그리고 다시 선을 그렸지만 우리 집 모양이 생각나지 않아서 또 지웠다.

ー 똑같지 않아도 괜찮아요.

ー …….

ー 지금 살고 있는 집 말고도, 동화책에서 봤거나, 텔레비전에서 봤거나… 아니면 어린이집에 가다가 본 집. 이 담에 커서 살고 싶은 집도 되고. 아무거나 그려도 돼.

선생님이 말했다. 나는 다시 연필을 쥐고 작은 3층집을 그렸다. 침대에서 높이 뛰어야 볼 수 있는, 길 건너편에 있는 집. 아빠가 나중에 이사 가자고 했던 그 집.

ー 이 집은 누구네 집이지?

ー …….

ー 이 집에는 누가 사나요?

ー …….

ー 창문이 있네. 창문 안에는 누가 있을까요?

나는 내가 그린 창문을 쳐다보았다. 창문 안에는……
아빠와 엄마와 나. 아빠와 나. 엄마와 나. 창문을 열었을
때 아빠가 없다면, 창문을 열었을 때 엄마가 없다면, 나
혼자라면.

혼자 있다는 걸 알면 그때처럼 아빠가 데려갈지도 모른
다. 책이 가득 쌓여 있던 방. 아빠는 그곳에서 공부를 한다
고 했다. 나를 보고 싶지만 꿈을 위해서 참는 거라고 했다.
내 친구 벌레처럼? 아빠가 고개를 끄덕였다. 언제까지 참
아? 옆방에서 누군가 으흠, 기침 소리를 냈다. 아빠가 덥수
룩한 수염을 내 귓가에 대고 아주 작게 말했다. 아빠가 공
부 많이 할 때까지. 그게 언젠데? 옆방에서 벽을 탁탁 쳤다.
아빠는 들릴 듯 말 듯 더 작게 속삭였다. 이제 금방. 아빠의
대답에 눈물이 나왔다. 어른들이 금방이라고 하는 건 다 거
짓말이다. 어린이집에 다닐 때도 엄마는 금방 데리러 온다
고 하고선 매일 늦었다. 애벌레도 금방 어른 벌레가 될 거
라고 했는데 아직도 그대로다. 옆방에서 쿵 하는 소리가 크
게 들렸다. 벽이 흔들리는 것 같았다. 울음이 터지는 내 입
을 아빠가 손으로 막았다. 눈물이 아빠의 손등에 흘렀다.
그래도 울음이 멈추지 않았다. 똑똑. 누군가 문을 두드렸다.
아빠가 손등을 바지에 문지르며 밖으로 나갔다. 옆방에서
시끄럽다고 주인한테 신고를 했다고 했다. 그래서 나는 이

제 집에 가야 한다고 했다. 아빠하고 방을 나와 버스를 탔다. 불이 켜진 우리 집 창문 앞에서 아빠는 내 손을 놓고 집으로 들어가라고 손짓했다.

나는 계단으로 내려가서 현관문을 두드렸다. 엄마가 문을 열어주지 않았다. 계단을 올라와서 창문을 열었다. 덜컥덜컥 움직일 듯했던 창문은 열리지 않았다. 부연 유리창 안은 잘 보이지 않았다. 엄마를 부르며 창문을 두드렸다. 한참 동안 서 있었더니 손도 시리고 발도 시렸다. 다시 창문을 열어 봤지만 창문은 꼼짝도 하지 않았다. 밤이 깊었는지 사람도 차도 보이지 않았다. 나는 골목 밖으로 뛰어나가 아빠와 걸어왔던 길을 쳐다보았다. 아빠는 보이지 않았다. 다시 집으로 돌아왔을 때, 창문에 불이 꺼져 있었다. 나는 계단을 내려가 현관문 앞에 쭈그리고 앉았다.

― 이 새끼, 왜 왔어?

갑자기 문을 벌컥 열리면서 엄마가 나왔다.

― 내가 너 때문에 어떻게 사는데 니가 애비를 따라가? 이 나쁜 새끼.

엄마가 나를 밀었다. 벽에 머리를 부딪쳤다. 신발장 앞에는 찌그러진 종이컵이 쓰러져있었다. 아빠와 함께 잡았던 애벌레를 넣어둔 컵이었다. 나는 얼른 종이컵을 들고 벌레를 찾았다.

- 아빠 사는 데가 여기서 멀어?

엄마가 물었다. 엄마는 많이 울었는지 눈이 빨갛게 부어 있었다.

- 아빠 혼자 있든? 어떤 아줌마 같은 사람은 없었어?

- …….

- 아빠 언제 온대? 언제 온다고 말 안 해?

- …….

나는 고개를 흔들었다. 아빠는 금방이라고 말했지만, 엄마한테 말하지 않았다. 벽에 부딪힌 머리가 아프고 어지러웠다. 저 혼자 잘 먹고 잘살아 보겠다고 처자식도 버리고 도망간 놈. 나한테 이런 올가미를 씌워 놓고…… 이 못된 새끼, 엄마 버리고 갔으면 그만이지, 누가 기다린다고 들어왔어? 너 같은 새끼는 키워 봐야 소용없어, 니 아빠한테 가, 여기서 나가.

그날부터 나는 방에 갇혔다. 엄마는 나가라고, 아빠한테 가라고 소리쳤지만 나는 한 발자국도 나가지 않았다. 푹 꺼진 침대와 검은 곰팡이가 핀 축축한 벽, 작은 창을 비집고 들어와 겨우겨우 비추어주던 햇빛. 이 안에서 나갈 수 없다. 방에서 나오지 못하게 하는 건 거짓말을 하거나 이불에 오줌을 쌌을 때 엄마가 주는 제일 무서운 벌이다. 나는 벌을 받아야 한다. 엄마를 울게 만든 벌. 엄마 몰래 아빠를 따라간 벌. 나는 벌을 받는다. 엄마가 화를 풀고 안아 줄 때까지, 방에서 나가지 못한다.

  - 창문을 열면 누가 보일까?

의사 선생님의 손가락이 작은 창문 주위를 맴돌았다. 금방이라도 창문을 열려는 듯 금색 반지가 끼워진 하얀 손이 창문에 닿았다. 나는 연필로 창문을 검게 칠했다. 사각사각. 아빠가 나를 볼 수 없도록. 사각사각. 검정 색 커튼을 두껍게 내렸다. 오그가 나를 볼 수 없게. 검정 색 커튼 위에 검정 색 커튼 위에 검정 색 커튼을. 지나가는 사람들이 벌 받는 나를 쳐다보지 못하게. 까맣게 까맣게 칠했을 때, 종이가 찢어졌다.

  - 이런, 구멍이 났네.

선생님 목소리가 너무 크다. 누가 들을 것 같고, 들여다볼 것 같다. 아빠가, 오그가, 우유 아저씨가, 다른 사람들이, 혼자 있는 나를 찾을 것 같다. 나는 손으로 구멍을 막았다.

  - 괜찮아, 괜찮아.

선생님이 내 손을 쓰다듬었다. 그래도 나는 손에 힘을 빼지 않았다. 땀이 난 손바닥에 눌려있던 종이가 구겨졌다. 한참 동안 기다리던 선생님이 내 손을 힘주어 잡았다. 내가 그린 3층집, 구멍 난 창문이 드러났다. 창문으로 침대에 앉아 있는 나쁜 어린이가 보였다. 엄마를 힘들게 하는 나쁜 새끼, 아무데나 오줌 싸고 울기만 하는 나쁜 어린이. 엄마 나가셨니? 오그의 목소리가 들렸다. 혼자 있었어? 아빠가 내 손을 잡아끌었다. 아빠를 따라가고 싶은 마음 밖에서 화난 엄마의 목소리가 들렸다. 이 못된 새끼, 엄마가 너 때문에 얼마나 고생하는지 뻔히 보면서, 어떻게 아빠를 따라가? 나는 쥐고 있던 연필로 목소리들을 찍었다. 창문 안에 있는 나쁜 어린이를 찍었다. 의사 선생님 손등에서 피가 튀었다. 사람들이 달려왔다.

엄마가 침대 위에 그림을 붙여 주었다. 그림 위에 적힌 검은 글씨도 읽어 주었다. 심리 검사, 구조적 해석. 집, worm's eye view. 이 그림 제목이 벌레의 관점이래. 엄마가 나를 보고 희미하게 웃었다. 나도 엄마를 보며 웃었다.

방안에서는 침대 위에서 뛰는 것밖에는 할 게 없다. 몸이 출렁거릴 정도로 약하게, 팔과 다리가 흔들릴 정도로 조금 세게. 엄마는 언제쯤 올까. 오늘도 천하장사 소시지를 사 올까. 발을 구른다. 입이 벌어지고 머리가 어지러울 정도로 아주 세게. 창문 밖 세상을 더 많이 볼 수 있게. 아빠가 약속한 집이 보일 때까지 더 더 세게. 숨이 차다. 어지러워서 토할 것 같다. 시큼한 땀 냄새가 몽글몽글 피어오른다.

천천히 해가 지고 있다. 햇빛이 사라져서 춥다. 어둑해진 방안은 아무것도 보이지 않는다. 침대 머리맡에 붙어 있던 장수하늘소의 사진도 지워졌다. 사슴벌레와 나비도 어둠 속에 사라졌다. 벌레를 손으로 살짝 건드려본다. 움직이지 않는다. 스척스척. 천천히 슬리퍼를 끄는 소리. 창문 앞에서 잠깐 멈추었던 소리가 계단을 타고 내려온다.

 - 문 열어.

 귀에 익은 목소리. 엄마에게 보험을 들었던 할머니의 목소리다. 시장에서 장사를 한다는 할머니는 일을 마치고 돌아가는 길에 꼭 엄마를 찾아온다. 창문을 열고 욕을 퍼붓다가 그래도 성에 차지 않으면 엄마를 불러내 옷을 잡아뜯고 때리기도 했다.

 - 이년아, 있는 거 다 알아. 문 열어.

 쿵쿵쿵. 시끄럽게 문을 두드리던 할머니가 다시 계단을 올라간다.

 나는 얼른 일어나 창문을 닫고 침대에 웅크린다. 그러나 한참이 지나도 아무 소리가 들리지 않는다. 창문을 조금 열고 밖을 내다본다. 어두워진 창밖에 가로등이 켜졌다. 가로등 불빛에 좁은 골목이 노랗게 물들었다. 나는 베개를 밟고 올라가 까치발로 골목 입구를 쳐다본다. 커다란 나무, 그 앞에 있는 가게. 이제 조금 있으면 엄마가 온다. 버스에서 내린 엄마가 저 나무 앞에 있는 가게에서 라면과 소시지를 사 들고 집에 올 거다. 골목 입구에 선 나무 그림자가 조금 흔들린다. 나는 바람이 부는지 보려고 밖으로 손을 내밀어 본다. 갑자기 창문이 활짝 열린다. 창턱에 놓인 우유가 바닥으로 떨어진다. 어둠으로 가려졌던 방안이 순식간에 환하게 드러난다.

— 이 년아, 쥐새끼처럼 숨어 있는 거 다 알아. 썩 나오지 못해? 너 같은 년도 새끼 귀한 줄은 아냐? 이년아, 나도 새끼가 중허다. 하루 벌어 하루 먹고 살면서도 한 달에 수십만 원씩 돈을 냈는데 이제 와서 얼굴 바꾸고 모른 척을 해? 내 새끼는 돈이 없어서 병원에서 쫓겨나게 생겼는데, 병원에서 나가면 죽는 길 밖에 없다는데…… 이년아, 돈 내놔라, 돈. 돈 있어야 내 새끼 살린다, 돈 내놔.

할머니가 지팡이로 창턱을 탁탁 두드리고 아무렇게나 방안을 휘젓는다. 위층 창문이 열리고 아저씨가 가래를 끌어올려 퉤 하고 뱉는 소리가 들린다.

— 허구한 날 이게 뭔 짓이냐고, 동네 시끄럽게.

할머니가 흑 하고 울음을 터뜨린다.

— 보험 들 때는 하루가 멀다하고 찾아와서 알랑방귀를 뀌어대더니 이제 와서는 뭐, 저한테 왜 이러세요? 내가 누굴 믿고 그 돈을 맡겼는데? 니 에미년 어데 갔냐, 어데 갔어?

— 이런 씨팔.

　1층 아저씨가 창문으로 쿵 하고 넘어온다. 아저씨의 굵은 다리가 창문을 가린다.

　- 애 엄마 들어오면 따지든가, 왜 남의 집 앞에서 행패야? 남들이 들으면 내가 사기 친 줄 알잖아.

　아저씨가 계속 침을 뱉으며 신발로 뭉갠다. 아저씨의 다리 사이로 골목 입구에 서있는 나무를 쳐다본다. 나무 그림자가 이리저리 움직이는 것 같다. 나무 그림자 속에 엄마가 숨어 있는 것 같다. 엄마를 부르고 싶지만 나는 참는다. 할머니가 엄마를 본다면 또 욕을 하고 때릴 것이다. 할머니가 지팡이로 내 어깨를 찌른다. 아저씨가 지팡이를 빼앗아 던져버리자 할머니는 땅바닥에 엎어져서 큰 소리로 운다. 오토바이 한 대가 골목으로 들어온다. 골목 입구에 선 나무를 헤드라이트가 밝게 비춘다. 길게 뻗어 있던 나무 그림자가 잠깐 사라진다. 환한 나무 밑이 텅 비어 있다. 다시 바람이 불고 나무가 흔들린다. 아저씨가 몸을 굽혀 창문을 닫아준다. 땅속처럼 방안이 깜깜해진다. 춥고 배가 고프다. 나는 이불을 말고 침대에 웅크린다.

　아무 소리도 들리지 않는다. 크게 울던 할머니도, 1층 아저씨도 사라졌다. 어디선가 시끄럽게 울리던 텔레비전 소리도, 골목 밖에서 경적을 울리던 자동차 소리도 들리지 않는다. 갑자기 환한 불빛이 창문을 스치고 지나간다. 그리고 다시 돌아온다. 곧게 뻗은 진한 빛이 거미줄이 쳐진 천장과 곰팡이가 핀 벽과 바닥에 널린 쓰레기와 더러운 침대를 비춘다. 새의 부리보다 더 날카롭고 집요한 불빛이다. 나는 불빛을 피해 몸을 꿈틀댄다. 아빠, 벌레 있어? 진짜야? 방 안을 휘젓던 불빛이 내 몸을 툭툭 건드린다. 나는 빛이 닿지 않는 벽을 찾아 기어오른다. 어둠 속에 숨어 있던 벌레가 천천히 눈을 뜨고 나를 쳐다본다. 장수하늘소와 사슴벌레와 나비도 나를 보며 희미하게 웃는다. 아빠가 다시 오면 꼭 저기로 이사 가자. 언제 올 건데? 얘가 어른 벌레 되면. 저기로 이사 가면 비행기 날려도 돼? 아빠, 저기로 이사가면…… 아이의 목소리가 멀어진다. 나는 벌레의 집으로 기어간다. 계단도 없고 대문도 없는 3층집. 한쪽으로 기울어진 담벼락은 귀퉁이마다 틈이 벌어져 있다. 단 한 번도 열리지 않았던 작은 창문에는 검은 커튼이 내려져 있다. 나는 창문의 작은 틈새로 기어들어간다. 벽을 타고 방 안으로 들어가 침대에 눕는다. 엄마 냄새가 밴 베개를 베고 이불을 덮는다. 스르르 잠이 온다. 꿈속으로 술에 취한 엄마가 비척비척 걸어온다. 엄마가 들고 있는 검은 비닐봉지가 불룩하다. 계란프라이와 라면을 끓이는 맛있는 냄새. 곧 엄마가 내 이름을 부르며 이불을 들출 것이다. 숨을 죽이고 눈을 감는다. 잠이 든 척, 엄마를 기다린다.

빨강

빨강

빨강이 사라진다. 저 멀리 산 중턱에 듬성듬성 보이던 빨간 지붕들이 사라진다. 배나무의 마른 가지 사이로 번져 있던 붉은 해의 잔영도 사라진다. 온 세상의 빨강이 사라진다. 하늘에 해가 있을 때는 빨강 없는 세상이 거짓말 같다. 해가 사라지고 나면, 세상에 콕콕 박혀 있던 빨강은 모두 꿈처럼 아련해진다.

 - 나 참 돌아버리겠네. 이 바쁜 저녁에 꼭 이 짓을 시켜야 되나. 미쳐도 미쳐도 이렇게……

 엄마가 할머니의 발목에 새끼줄을 묶으며 구시렁댄다. 창가에 서 있던 소년이 머뭇머뭇 엄마에게 다가간다. 선생님이 엄마 오래요. 그러나 소년은 엄마의 기색을 살피느라 얼른 말을 꺼내지 못한다.

 - 왜 옹구만 들고 갔어요? 아예 집을 통째로 이고 가지?

머리도 잘라 바치고 어린 손주 새끼도 바쳤으면, 버얼써 천당 앞자리 하나 따 놨을 건데?

– ……

할머니는 고개를 숙인 채 발목에 감긴 새끼줄만 만지고 있다.

소년이 학교에서 돌아왔을 때 할머니는 집에 없었다. 저녁상을 봐주러 왔던 엄마는 찬장부터 뒤졌다. 십개단지 하나가 없어졌다고 했다. 엄마는 소년을 앞세워 교회로 쫓아갔지만 할머니는 없었다. 과수원 사이로 난 오솔길을 지나 큰길의 시장까지, 대문이 열린 집집마다 샅샅이 살폈지만 할머니를 찾지 못했다. 결국 할머니는 퇴근하던 옆방 아저씨의 손에 이끌려 집으로 돌아왔다. 동네에서 한참 벗어난 석재 공장 근처에서 찾았다고 했다. 몸을 잔뜩 움츠리고 마당으로 들어서는 할머니에게 엄마가 다그쳐 물었다. 찬장 위에 올려놨던 십개단지, 그거 어쨌어요? 그거 들고 나간 거 아네요? 또 교회 갖다 준 거 아네요?

인제에 살 때도 할머니는 그랬다. 감자를 캐면 제일 큰 건 교회로, 옹기가 구워지면 제일 먼저 교회로, 고무신 한 켤레가 생겨도 엄마 몰래 교회로. 그렇게 교회가 좋아? 소년이 물으면, 세상에 어느 누가 우리 손주 새끼 돌봐 줄꼬, 하나님 밖에 더 있남. 할머니가 대답했다.

할머니가 길을 잃은 건 서울에 와서 벌써 세 번째였다. 어
딘가를 헤매다 돌아올 때마다 말도 기억도 조금씩 잃어버
리는 것 같다. 늘 입에 달고 살던 인제 얘기도 뜸해졌고, 소
년을 불러 놓고도 남을 보듯 무심하게 처다보기만 할 때도
있었다. 낯설어서 그래, 길도 모르고 아는 사람도 없어서.
소년은 할머니의 손을 잡았다. 오랫동안 길을 헤맨 할머니
의 손은 얼음장같이 차고 축축했다.

  - 오늘 늦어요, 주인집 배추 절여야 돼.

  - 아범 알면 어쩌려고……

  - 아범도 늦어요. 창불 땐대요. 저녁상 봐 놨으니까 드시
고 일찍 주무세요. 너도 할머니 잘 지켜. 밤에 나가면 한데
서 얼어 죽는다.

  엄마가 방문을 열고 나간다. 엄마의 통 넓은 바지와 기다
란 외투가 마당을 지나 대문 밖으로 사라진다. 소년은 배밭
사이, 어둠의 통로를 지나 빨간 양옥집으로 들어가는 엄마
를 상상한다. 근방에서 제일 큰 과수원 주인집. 젊은 아저
씨와 반푼이 아들을 위해 밥을 하고 청소를 하는 엄마. 하
지만 엄마는 절대로 주인집 근처에 얼씬거리지 말라고 했
다. 주인 아저씨가 얼마나 사납고 욕심이 많은지, 맘에 안
들면 애고 어른이고 막말에 물건을 집어던지기 일쑤고, 인
부들 품삯도 제때 주는 법이 없다고. 오죽하면 동네 사람

아무도 건들지 못했던 애기 무덤을 한번에 밀어버리고 과수원을 넓혔겠냐고. 그러니 절대 찾아오지 말라고. 엄마는 바지에 몰래 숨겨 온 햄과 사탕을 꺼내주며 소년에게 신신당부하곤 했다.

하늘에 계신 우리 아버지여……뜻이 하늘에서 이루어진 것 같이 땅에서도 이루어지이다. 오늘 우리에게…… 웅얼거림 같은 할머니의 기도가 시작되자 소년은 부엌으로 내려간다. 연탄 아궁이 옆에 엄마가 차려 놓은 저녁상이 있다. 밥 두 공기와 고추 장아찌와 김치. 아직 밥이 따끈하다. 곤로 위에 데워둔 찌개를 조심스럽게 상 위에 올리고 수저 두 벌을 찾아 물에 씻는다. 열린 방문으로 얼굴만 내놓은 할머니가 소년에게 말한다.

─ 나 이것 좀 풀어 주면 안되나. 여게가 쓸려서 아프다.

소년은 고개를 젓는다.

─ 도시락이라도 싸서 니 애비한테 다녀올라고 그란다.

─ 거짓말.

─ 불 땐다고 한 게 벌써 언젠데 이제 창불을 때나. 그새 또 병이 도졌는가. 내가 불안불안해서 못 살겠다.

─ …….

─ 니 에미가 알면 또 보따리를 싼다, 양잿물을 마신다 난리를 칠 건데. 도시락 주는 척 하고 기척만 살피고 올라구

그런다.

　- …….

　- 니가 안 끊어주면 좀 기다리지 모. 밤이 긴데 니라고 오줌 안 싸고 잠 안 자겠나.

　소년이 길게 한숨을 내쉰다. 까치발을 들고 찬장 맨 위 칸을 손으로 더듬는다. 노란색 양은 도시락을 꺼내 밥 한 공기를 덜어 담는다. 아버지의 일터는 학교보다 더 멀다. 날도 춥고, 해도 졌고, 이제 조금만 있으면 슈퍼 특공대가 나올 시간인데.

　- 니가 갈라고?

　- 할머니 나갔다가 또 길 잃어버리면 어떻게 해?

　- 오냐, 내새끼. 할미 생각하는 건 니 밖에 읎다.

　- …….

　- 잘 봐라. 불 때는 핑계 대고 또 노름판에 들러붙어 있으면 이 할미 죽는다고, 알았지?

　- …….

　- 저기, 저 쌀독 좀 뒤져봐. 그 안에 계란 하나 있을 건데. 애비 갖다 줘. 한데서 먹는 찬밥은 목구멍 넘자 똥구멍이라.

　노란 보자기에 도시락을 꽁꽁 싸맨 소년은 쌀독에서 날계란 하나를 꺼낸다. 외투 주머니에 손을 넣어 왼쪽 주머니 속의 구멍을 확인한다. 그리고 딱지 한 장이 들어 있는 오른쪽 주머니에 조심조심, 계란을 넣는다.

　한 발 한 발 내디딜 때마다 어둠이 짙어진다. 아직 초저녁이라 전봇대에 매단 백열등에 불이 들어오지 않았다. 양옆으로 길게 늘어선 배나무의 행렬은 끝이 보이지 않는다. 소년은 껑충하게 올라간 소매를 끌어내리며 오솔길을 걷는다. 나뭇가지를 넘나들며 우우 소리를 내던 바람이 소년을 감싼다. 머리카락을 날리고 옷자락을 잡아 흔든다. 모른 척 앞만 보고 빠르게 걷는 소년의 목덜미를 휘감고 옷깃을 파고든다. 그래도 외투 속에 집어넣은 도시락이 배에 닿아 따뜻하다. 도시락 장아찌 냄새에 침이 꿀꺽 넘어간다. 아버지의 일터는 여기서 한참이다. 과수원 서너 개를 지나고, 큰 길을 지나 산 아래 이재민들의 비닐하우스를 지나야 한다. 이사 오고 한 달 동안 학교에 갈 때마다 꼭 이 길로만 다녔다. 그래도 소년은 처음 가는 길처럼 낯설고 불안하다. 빨강이 없어져서 그래. 소년은 생각한다. 학교에 갈 때는 보였던 빨강이 사라져서.

　- 색약이야. 빨간색 파란색 구분이 안 되는 거. 어두워지면 더 안 보일 텐데.

　짝과 다투었다고 교무실로 불려 간 참이었다. 짝에게는 이유도 묻지 않고 벌을 준 선생님이 소년은 책상 앞에 앉히고 다정하게 말을 건넸다. 소년은 선생님의 손가락을 따라 제가 그린 그림을 내려다보았다.

ー 이것 봐. 나무에 불 난 것 같잖아, 새빨갛게.

ー ……

ー 인제에선 안 그랬니?

ー ……

ー 하긴 그 시골에서 낮이나 밤이나…… 어머님 한번 다녀가시라고 해라, 알겠니?

소년은 선생님께 꾸벅 인사를 하고 교무실을 나왔다. 닫히는 문틈으로 울상이 되어 팔을 들고 있는 짝이 보였다. 짝은 책상에 긴 홈을 파서 반으로 나누었다. 그 선을 넘어가면 지우개도 자르고 교과서에도 칼금을 그었다. 소년은 주머니 속의 딱지를 꺼내 보았다. 나달하고 색이 바랜 딱지에도 칼금이 그어져 있었다. 슈퍼맨의 빨간 망토가 반으로 갈라질 듯 아슬아슬하게 붙어 있었다.

좁은 오솔길을 벗어나 큰길로 들어선다. 거만하게 늘어선 높은 건물들이 발아래에서 걷고 있는 작은 소년을 내려다본다. 강물처럼 흐르는 사람들 틈에서 소년은 길을 잃지 않기 위해 연신 두리번거린다. 아주 검거나, 조금 검거나. 햇빛이 있을 때 사람들 등 뒤에 숨어 바닥을 기어 다니던 그림자가 밤이 되자 벌떡 일어나 소년의 주위를 빙빙 도는 것 같다. 색깔을 감춘 사람들은 냄새도 피우지 않고 소리도 내지 않는다. 구분할 수 없는 얼굴들이 소년의 앞으로, 등 뒤로, 옆으로 지나간다. 소년은 옷 가게를 지나고 밥집을 지나다가, 전파사 앞에서 발을 멈춘다. 신선하고 부드러운 제일제당 백설 햄. 유리창 안에 진열된 텔레비전에서 햄이 나오자 짭짤하면서도 달착지근하고 고소한 맛이 입에 감돈다. 소년은 제가 먹어본 햄과 초코 우유를 텔레비전에서 볼 때마다, 진짜 서울 사람이 된 것처럼 우쭐한 기분이 들었다. 그런 기분이 들면 큰길에 나설 때도 무섭지 않았고, 새소리처럼 가볍고 빠른 서울 친구들의 얘기도 다 알아들을 수 있을 것 같았다. 갑자기 텔레비전의 전원이 꺼진다. 빛이 나던 작은 상자가 텅 비었다. 저도 모르게 유리창에 코를 박고 섰던 소년은 움찔 놀란다. 전파사 주인이 무서운 표정으로 소년을 쳐다보고 있다. 소년은 다시 걷는다. 그새 도시락은 다 식었고 손과 발은 더 차가워졌다. 드디어 길 건너 모퉁이 문구점이 보인다. 모퉁이 문구점을 지나 학교 옆으로 돌아가면 아버지의 가마터로 가는 지름길이 나온다. 품에 든 도시락만 없으면 한번에 달려갈 수 있을 텐데. 그러면 만화가 다 끝나기 전에 집에 도착할 수 있는데. 소년은 주머니에 손을 넣어 계란과 딱지를 만져본다. 슈퍼맨 용감한 힘의 왕자, 배트맨 로빈 정의의 용사, 원더우먼

하늘을 날은다, 아쿠아맨…… 횡단보도를 건너려 할 때, 갑자기 커다란 손이 소년의 어깨를 급하게 끌어당긴다. 소년의 코앞으로 차 한 대가 아슬아슬하게 지나간다. 놀란 소년은 가슴팍에 품었던 도시락을 떨어뜨린다.

– 빨간 불이다. 조심해야지.

커다란 손이 소년에게 말한다. 소년은 도시락을 주워 사람들 옆에 선다. 조금 후에 사람들이 움직이자 소년도 급하게 신호등을 건넌다.

모퉁이 문구점에는 불이 환하다. 오후반을 끝낸 아이들이 가방도 벗지 않고 바닥에 쭈그려 앉아 간이오락을 하고 있다. 백발 머리 주인 할아버지가 아침에 보았던 모습 그대로 가게를 지키고 있다. 쫄쫄이 다섯 개를 쥐고 사십 원만 내지는 않는지, 파란 다마를 슬쩍 주머니에 넣지는 않는지, 동전에 실을 묶어 오락기에 넣지는 않는지. 높은 의자에 앉아 매서운 눈으로 아이들을 살피고 있다. 소년이 모퉁이를 돌아갈 때 갑자기 문구점 안에서 큰 소리가 들린다. 할아버지가 누군가의 책가방을 잡아 올린다. 책가방을 멘 아이가 내동댕이쳐진다. 아이가 일어서자 할아버지가 멱살을 잡고 큰 손을 휘둘러 뺨을 때리기 시작한다. 휘청이면서 뺨을 맞는 아이를 쳐다보다가 소년은 얼른 고개를 돌린다. 제가 맞은 것처럼 얼굴이 화끈거리고 어깨가 떨린다. 소년은 도시락을 움켜쥐고 달리기 시작한다.

산 밑 비닐하우스 촌이 바람에 출렁인다. 비닐하우스 안에서 움직이는 사람들이 탁한 연못 속의 물고기처럼 뿌옇고 느리게 보인다. 소년은 턱밑에 고인 뜨거운 숨을 뱉어낸다. 오가는 사람도 없고 바람도 잦아들었다. 소년의 발자국 소리만 언 땅에 타박타박 소리를 내며 지나간다.

인제에 살 때, 소년의 집은 더 높은 산 더 깊숙한 곳에 있었다. 친구들을 만나려면 한참 동안 산을 내려가야 했다. 하지만 하나도 힘들지 않았다. 작은 몸을 밀어내던 세찬 골바람도, 우듬지가 얄궂게 떨구던 눈 뭉치도, 우북한 낙엽 아래 숨어 있는 날카로운 돌맹이도, 모두 친구네 집에 가는 길일 뿐이었다. 그 길 끝에는 토끼몰이도 잘하고 사방치기도 일등이었던 친구가 소년을 기다리고 있었다. 친구는 제가 가진 다마 중에 제일 좋은 왕다마를 소년에게 주었고 제가 가진 것 중 제일 빠닥빠닥한 슈퍼맨 딱지도 소년에게 주었다. 이사 오던 날 밤, 집을 떠나며 산 아래 동네를 내려다보았다. 몇 채 되지 않은 집들이 모두 불이 꺼져, 검은 물속에 다 잠긴 것처럼 조용하고 어두웠다. 깜깜해서 아무것도 보이지 않았다. 그래도 친구들이 사는 집은 다 보였다.

얼마 동안 비탈진 산길을 올라가자 짙은 어둠 속에 납작 엎드려 있는 가마가 나온다. 창불을 땐다고 했는데 가마는 조용하다. 불창마다 시퍼렇게 일던 불길도, 불보기 아저씨도 보이지 않는다. 소년은 숨 죽인 채 가마를 지나 불빛이 새어 나오는 흙집으로 걸어간다. 이마에 맺혔던 땀이 차갑게 식는다.

－아버지.

지게문이 벌컥 열린다. 희미한 백열등 아래, 네댓 명의 아저씨들이 모여 앉아 있다. 이사 올 때 선영을 내주며 거드름을 피우던 옹기막 주인도 보인다. 방문 앞에 앉아 있던 아버지가 소년을 내다본다. 씨욱을 잡느라 엄지손톱을 길게 기른 아버지의 손에 화투장이 들려 있다.

－아버지, 이거.

소년은 품속에서 도시락을 꺼내어 건넨다.

－예서도 잘 먹는다는데, 뭐 하러 이런 걸……

내키지 않는다는 듯 아버지가 억지로 손을 내민다. 아버지가 손을 움직일 때마다 손등 한가운데에 길게 늘어진 흉터가 실뱀처럼 곤두서서 움직인다. 손안에 감춰진 두 장의 화투패는 광땡, 장땡, 멍텅구리 사구. 아버지의 숨을 들었다가 놓았다가, 아버지의 목을 조였다가 풀었다가. 아버지가 쇠스랑으로 제 손을 찍으면서도 차마 버리지 못한 그 패는 밤새도록 아버지를 놔주지 않을 것이다.

- 이거 누가 싸 주든?

도시락을 열어본 아버지가 묻는다.

- 엄마는 뭐 하고? 집에 없냐?

불빛을 등진 아버지의 얼굴이 순식간에 험악해진다. 소년은 숨이 턱 막힌다. 얼굴이 화끈거리고 심장이 터질 것 같다. 둘러앉아 있던 사람들이 손을 멈추고 아버지를 쳐다본다. 옹기막 주인이 낄낄 웃으며 담배 연기를 뿜는다. 아버지가 벌떡 일어서서 외투를 입는다. 오늘 늦어요, 배추 절여야 돼. 엄마가 했던 말이 떠오른다. 토방에 내려선 아버지가 소년에게 등을 들이댄다. 돌덩이처럼 딱딱한 아버지의 어깨가 소년의 가슴팍에 닿는다. 소년을 업은 아버지가 성큼성큼 산을 내려간다. 아버지의 입에서 나오는 뜨거운 김이 소년의 뺨을 스친다. 조용한 산에 쿵쿵, 아버지의 발소리가 제 가슴의 심장 소리처럼 들린다. 어둠뿐이던 소년의 눈에 빨강이 어지럽게 돋아난다. 가마 아궁이에 타오르는 불꽃이 이리저리 춤을 춘다. 아버지가 하문을 헐어내고 엄마를 가마 안으로 밀어 넣는다. 밤도망을 했다가 잡혀 온 엄마는 살려달라며 울부짖는다. 지옥 같은 불길 앞에서 소년에게 매달린다. 엄마의 손톱이 소년의 팔목에 박힌다. 불길이 뜨거워질수록 엄마의 손톱은 더더 깊게 살을 파고든다.

갑자기 온 산에 울리던 아버지의 발소리가 뚝 끊긴다. 소년의 뺨에 와닿는 차가운 것. 눈이다. 인제에 내리던 것과 똑같은 첫눈이 내린다. 아버지가 숨을 몰아쉬며 하늘을 쳐다본다. 비닐하우스에서 번진 불빛이 아버지의 눈에 어른거린다. 굵은 눈송이가 불빛에 비쳐 반짝 하얀 빛을 낸다. 이마로 흘러내린 아버지의 앞머리에 꽃잎처럼 살짝 내려앉았던 눈송이가 아버지의 머리로 스며들어 사라진다. 하얗게 반짝이는 꽃잎이 한 장씩 스밀 때마다 아버지의 머리는 점점 더 까맣게 진해진다. 아버지도 소년의 머리 위로 떨어지는 눈송이만 쳐다본다. 검은 하늘 어디쯤. 아주 멀리서부터 천천히 내려와 소년의 머리에 스미는 눈송이를 말없이 쳐다본다.

- 잠깐 여기 있어 봐라.

아버지가 소년을 내려놓고 도시락을 소년의 손에 쥐어 준다. 그러고도 얼른 발을 떼지 못하고 늘어뜨린 손을 비비다가 주먹을 말아 쥔다. 소년과 눈이 마주치자 주먹을 펴고 소년의 귀를 감싼다. 어깨를 구부정하게 굽히고 소년을 내려다보는 아버지의 앞머리가 축축하게 젖어 있다.

- 날 추운데 먼저 가거라. 내가 하던 일만 끝내놓고 금방 쫓아서 갈 거니까.

아버지가 외투를 벗는다. 커다란 외투에 소년의 팔을 끼워 넣고 앞을 여민다. 그리고 바람을 일으키듯 휑하고 몸을 돌려 산을 오르기 시작한다. 아버지의 모습이 어둠 속으로 사라졌을 때, 소년은 달리기 시작한다.

회색 어둠 속에 검은 그림자들이 소년의 뺨을 스친다. 헉헉 거친 숨을 뱉느라 벌어진 입속으로 차가운 눈이 날아든다. 아버지의 외투가 걸리적거려 생각만큼 빨리 달릴 수가 없다. 큰길을 지나 배 과수원 쪽으로 돌아들자 기다렸다는 듯 전봇대에 달아둔 백열전구에 깜빡, 불이 들어온다. 어두웠던 과수원 길이 환해졌다. 눈 덮인 길이 하얗게 빛난다. 그림자를 되찾은 배나무들이 가지를 벌려 눈을 맞는다. 동네 입구의 과수원을 지나고 그다음 과수원과 또 다른 과수원을 지나 제일 마지막 과수원이 나왔을 때, 한참을 달리던 소년이 갑자기 우뚝 선다. 귓가를 스치는 바람에 사람의 목소리가 섞여 있다. 오가는 사람도 없는데 목소리가 들린다. 소년은 등골이 오싹해진다. 머리카락 사이로 서걱서걱 살얼음이 끼는 것 같다. 숨을 죽이고 주위를 살핀다. 과수원을 두른 철망 사이로 안을 살핀다. 사락사락. 어린아이 발소리마냥 조심조심 눈이 내리는 소리가 들린다. 그리고 배나무 마른 가지 사이로 아이들이 보인다. 과수원 안에 아이들이 뛰어다닌다. 꼬챙이에 얼어 죽은 메뚜기를 잡아 꿰는 아이가 보인다. 홑바지를 걷어 올리고 무릎까지 올려 신은 군인 양말을 자랑하는 아이도 있다. 빨간색 바지를 입은 아이가 울음을 터뜨린다. 옆에 있던 아이가 빨간 바지 밑단에 풀린 올을 쥐고 달아난다. 소년은 과수원 입구에 있다는 양옥집을 향해 달린다. 빨간색 바지를 입은 아이가 소년을 쳐다보며 달린다. 메뚜기를 잔뜩 움켜쥔 아이도 뒤따라 달린다. 바지 밑단에서 풀린 빨간 뜨개실이 어둠 깊은 곳까지 길게 길게 이어져 있다. 철망의 가시가 소년의 뺨과 어깨를 스치고 온몸이 더워진다. 그러나 아무리 달리고 달려도 열을 지은 배나무는 끝이 없고 엄마가 일하는 양옥집은 보이지 않는다. 소년은 가슴이 터질 때까지 달리고 달리다가, 갑자기 땅에 고꾸라진다. 이마에 부딪혀 꺾인 나뭇가지가 죽은 나무에 대롱대롱 매달려 있다. 이마에서 끈적한 땀과 피가 배어 나온다. 소년은 손에 묻은 검은 피를 외투에 닦는다. 그새 아이들은 사라졌다. 우우 몰려다니는 바람에 잔가지들만 후르르 몸을 떨고 있다. 소년은 질퍽한 허벅지를 만져본다. 주머니 속의 계란이 깨져 있다. 계란 껍데기를 털어내던 소년은 젖은 딱지가 나오자 후둑 울음을 터뜨린다. 빨간 망토를 두른 슈퍼맨이 노른자를 뒤집어쓰고 있다. 땀이 식으면서 등골을 타고 추위가 몰려온다. 열이 식은 뺨 위로 찬 바람이 스친다.

엄마가 일하는 양옥집은 유리문마다 뿌옇게 김이 서려 있다. 소년은 한참 동안 망설인다. 문을 여는 순간, 무섭고 욕도 잘하고 매질도 한다는 주인 아저씨가 버티고 서있을 것 같다. 그런 아저씨에게 먹살을 잡히면 그동안 먹은 햄이며 사탕을 모두 뱉어내고 엄마도 더 이상 이 집에서 일을 할 수 없을지도 모른다. 하지만……. 몇 번이나 돌아섰다가 다시 현관문 앞에 선 소년이 손잡이에 손을 댄다. 이미 열려 있었던 듯 스르르 문이 열린다. 소년은 끌리듯이 훈훈한 온기 속으로 들어선다. 전등이 환하게 켜진 마루에 작은 아이가 누워있다. 뒷머리가 삐죽삐죽 나온 게 반푼이라는 주인집 아들인 것 같다. 반푼이는 잠이 들었는지 모로 누운 채로 움직이지 않는다. 어디선가 달그락대는 소리와 물소리가 들린다. 소년은 그 소리를 따라 살금살금 부엌으로 들어간다. 엄마가 냄비에서 밥을 긁다 말고 화들짝 놀라 소년을 쳐다본다.

- 엄마, 빨리 집에 가. 아버지가 지금 집에 온대.

엄마가 수돗물을 세게 틀어놓고 소년을 구석으로 잡아끈다.

- 이노무 자식이 지금 뭐라는 거야? 너 가마 갔다 왔니?

- …….

- 이 추운데 거기가 어디라고? 할머니가 시키든?

- ······.

- 나, 물.

소년과 엄마가 깜짝 놀란다. 자는 줄 알았던 반푼이가 부엌 문턱에 서 있다. 대여섯 살쯤 된 아이의 작은 얼굴에는 마른버짐이 잔뜩 피어 있다. 엄마가 얼른 수돗물을 대접에 받아 건네준다.

- 크왁, 띠언하다.

빈 대접을 탁탁 털어낸 반푼이가 자리로 돌아가 텔레비전을 켠다. 엄마의 등 뒤에 숨어 고개를 내민 소년이 눈을 커다랗게 뜬다. 슈퍼맨 용감한 힘의 왕자, 배트맨 로빈 정의의 요용사…… 슈퍼특공대가 시작되었다. 함정에 빠져 적들의 가면을 쓰게 된 로빈. 아무것도 모르는 슈퍼맨과 울트라맨은 로빈을 공격하기 시작하는데…… 엄마가 소년을 돌려세우고 따뜻한 누룽지를 입에 넣어준다. 접시에 담았던 계란 프라이도, 갓 구운 햄도 소년의 입에 넣어 준다. 소년은 텔레비전에서 눈을 떼지 못한다.

- 얼굴은 왜 이 모양이야?

- ······.

- 똑바로 봐봐, 여기 피 났잖아?

- 엄마, 아버지 온대.

- 괜찮아. 엄마가 이렇게라도 안 하면 뭐, 이 겨울에 다

굶어 죽으라고?

- 엄마, 그래도……

- 빨리 먹고 얼른 가, 엄마가 할머니 잘 지키라고 했잖어.

소년이 엄마를 쳐다본다.

- 할머니 또 교회 갔으면 너 아주……

주인집 현관문이 열리는 소리가 들린다.

- 비켜.

성난 남자 목소리가 울리더니 곧 마루에 있던 반푼이가 울기 시작한다. 엄마가 부엌 뒷문을 열고 소년을 급히 내보낸다. 소년은 문밖으로 새어 나오는 거친 욕설에 어깨를 움칠한다. 금방이라도 오줌이 나올 것 같다. 잠시 후 남자의 목소리가 잠잠해지자 소년은 부엌문을 살짝 열어 본다. 반푼이를 업은 엄마가 밥상을 차리고 있다. 반푼이는 엄마의 목덜미를 꼭 끌어안고 엄마의 등에 얼굴을 비빈다.

- 엄마.

소년이 속삭이듯 엄마를 부른다.

- 엄마, 엄마.

소년이 좀 더 목소리를 높이자 엄마와 반푼이가 고개를 돌리고 소년을 쳐다본다.

- 아직 멀었어?

- 예, 다 됐어요.

주인 아저씨가 재우치는 소리에 엄마가 부엌문을 닫는다. 소년은 부엌문에 기대어 양말만 신은 발을 종아리에 대고 문지른다. 입속에 꾸역꾸역 밀어 넣은 밥이 가슴에 걸린 것 같다. 부엌에서 나던 소리가 그치고 불이 꺼진다. 소년은 언 발을 디디고 서서 오줌을 눈다. 은빛 나는 숫눈길에 하얀 김이 솟으며 가느다란 무늬가 그려진다. 그 무늬가 다시 내리는 눈에 덮일 때까지 젖은 발을 주무르던 소년은 다시 부엌문에 귀를 대본다. 엄마가 신발을 내주지 않을까 한참 기다렸지만, 엄마는 나오지 않는다.

소년은 눈을 맞으며 걷는다. 양옆으로 길게 늘어선 과수원 철망은 아까보다 훨씬 더 길고 멀게 보인다. 얼어버린 발은 한 걸음씩 내디딜 때마다 저릿저릿하다. 소년은 아버지의 외투를 풀어 머리끝까지 뒤집어쓴다. 손이 곱아 잘 움직여지지 않는다. 올 때처럼 힘껏 달리면 추위는 덜하겠지만 발이 아프고 허기가 져서 달릴 수가 없다. 다시 노름하면 이 할미 죽는다고 그래. 할머니는 아직도 소년을 기다리고 있을 것이다. 어쩌면 벌써 아버지가 와서 엄마를 찾으러 다니고 있을지도 모른다. 그게 아니면 새끼줄을 끊은 할머니가 집안을 뒤져 무언가를 들고 교회로 갔을지도 모른다. 붉은 십자가가 불을 밝히고 빨간 불꽃이 타오른다. 흙냄새가 밴 아버지의 검은 손이 붉은 꽃을 피우고 엄마의 하얀 이마에 피가 흐른다. 소년의 머릿속에서 요란한 색깔들이 춤을 춘다. 멀리 집이 보이고 창문으로 희미한 불빛이 보였을 때 소년은 걸음을 멈춘다. 불빛에 어른거리는 그림자가 할머니인지 아버지인지 알 수가 없다. 소년은 자리에 웅크리고 앉는다. 갑자기 생각난 듯 주머니를 뒤진다. 깨진 계란 껍질과 비린내를 뒤집어쓴 딱지가 나온다. 소년은 딱지에 입김을 불어 무릎에 비비면서 집을 쳐다본다. 함박눈이 소년의 발 위에, 어깨 위에, 머리 위에 소복이 쌓인다.

향긋한 냄새에 눈을 뜬다. 환한 빛에 눈이 부시다. 새의 깃털같이 보드라운 꽃잎이 뺨을 스친다. 과수원 배나무마다 배꽃이 흐드러지게 피었다. 하얀 꽃잎이 쌓인 땅은 부드럽고 폭신하다. 자리에서 일어서는 소년을 따라 어깨에 두른 아버지의 빨간 외투가 망토처럼 펄럭인다. 순간, 소년의 몸이 살짝 땅 위로 들린다. 소년은 공중에 뜬 제 발을 내려다보고 놀란다. 다시 바람이 스치고 외투가 펄럭이자 소년의 몸이 둥실 하늘로 떠오른다. 소년은 어깨를 스치는 나뭇가지를 잡아본다. 우둑. 나뭇가지가 꺾이면서 하얀 배꽃이 날린다. 소년의 머리 위로 높다랗게 서 있던 배나무들이 소년의 몸 아래로 내려가며 점점 작아진다. 겁이 난 소년이 몸을 웅크린다. 고개를 숙이고 어깨에 힘을 주자 멈출수 없는 힘이 솟아난다. 어쩔 줄 모르던 소년이 두 팔을 치켜들자 몸이 앞으로 미끄러지듯 쑥 나아간다. 팔을 휘두르는 방향대로 몸이 날아간다. 소년은 제자리에서 한 바퀴 돌아본다. 그리고 두어 번 과수원을 맴돌던 소년은 과수원 철망을 넘어 큰길로 날아간다. 학교로 가는 길목, 모퉁이 문구점을 내려다본다. 아이들은 여전히 간이 오락에 빠져 있고, 주인 할아버지에게 붙잡힌 짝은 한쪽 뺨이 부풀어 오른 채 울고 있다. 두 손을 모아 싹싹 빌고 있지만 할아버지는 멱살을 움켜쥔 손을 놓지 않는다. 소년이 짝의 머리 위로 낮게 날아간다. 멱살을 잡은 할아버지의 손을 발로 걸어찬다. 놀란 할아버지는 엉덩방아를 찧는다. 그새 저만치 달아난 짝이 소년을 향해 손을 흔든다. 멀리 학교가 보인다. 빨간 외투를 펄럭이며 운동장을 돈다. 유리창을 내다보던 선생님이 안경을 벗고 눈을 비빈다. 비닐하우스촌을 지나 아버지의 가마로 날아간다. 불창마다 새파란 불꽃이 넘실댄다. 불보기 아저씨들이 오줌을 누고 담배를 피워도, 아버지는 가마 앞에서 절대 움직이지 않는다. 잠도 자지 않고 밥도 먹지 않는다. 아버지는 대장이기 때문이다. 팔개를 하루에 백 개나 만드는 대장 중의 대장이기 때문이다. 아버지를 쳐다보던 소년은 더 높이 솟아오른다. 하얀 배꽃 사이로 빨간 양옥집이 보인다. 열어놓은 부엌문으로 엄마가 보인다. 엄마의 작은 몸이 배추 더미에 푹 파묻혀 있다. 다라이 한가득 배추를 쪼개 소금을 뿌리면서 연신 노래를 흥얼거린다. 엄마의 폭넓은 바지가 불룩하다. 짭조름하고 고소한 백설 햄. 소년의 입에 침이 고인다. 소년은 더 높이 올라간다. 세상이 한눈에 들어온다. 먹을 게 천지고 사람도 많고 차도 많은 서울이 작아진다. 높은 키를 거만하게 세웠던 건물들이 소년에게 머리를 조아린다. 등 뒤의 빨간 외투가 펄럭이는 소리가 기분 좋게 들린다. 이제 소년은 힘껏 모은 주먹을 앞으로 쭉 내민다. 숨을 크게 들이쉬고 힘차게 출발한다. 어둠 속에 보았던 친구네 집들이 파란 하늘에 그려진다.

- 아이구 내 새끼, 깼냐?

할머니가 소년의 손을 잡아 뺨에 비빈다. 바람이 건들 때마다 방안 유리창이 투두둑 몸을 떤다. 누워 있던 소년이 몸을 일으킨다. 바람처럼 하늘을 날던 몸이 돌덩이처럼 무겁다. 할머니가 소년을 품에 안고 등을 쓸어 준다.

- 왔으면 빨리 집에 들어올 것이지 왜 안 들어오구 거기 앉았어?

- 할머니, 지금 밤이야?

할머니가 소년의 얼굴을 들여다본다. 소년은 문득 생각난 듯 주머니를 뒤진다.

- 내 딱지, 딱지 못 봤어?

할머니가 고개를 젓는다. 소년이 덮었던 이불을 걷는다.

- 딱지 찾아야 돼.

- 어두워서 안 보여. 낼 날 밝으면 할미가 찾아 줄게.

- 할머니, 어둡다고 안 보이면 병원에 가야 한대. 선생님이 그랬어.

- 야밤에도 훤히 보는 건 눈에 불 켜고 다니는 산짐승 밖에 없어.

소년은 이불을 덮고 자리에 눕는다. 할머니가 천장에 매달린 전등을 끄기 위해 일어선다. 할머니의 발목에 묶였던 새끼줄이 보이지 않는다. 그새 교회에 다녀왔을까. 방 한구석에 밀쳐놓은 성경책이 보인다. 방 안에 불이 꺼진다. 한 덩어리의 어둠으로 뭉쳐진 방 안은 조용하다. 유리창 밖에서, 함박눈이 차곡차곡 쌓이는 소리가 들리는 것 같다.

- 애비만 살피고 오랬더니 왜 이렇게 늦었어? 애비는 봤어?

소년은 얼른 눈을 감는다. 잠든 척 움직이지도 않고 고른 숨소리를 낸다. 할머니가 소년의 뺨을 손으로 쓰다듬는다. 한참 말없이 누워 있던 할머니가 가늘게 코를 골기 시작한다. 세 번쯤 그 소리를 세던 소년도 곧 잠이 든다.

알아차림, 감지(感知)의 윤리학

김나정(소설가, 평론가)

슬프게도, 밤의 유리창은 거울보다 더 정직했어요.
아무리 두껍게 분을 바르고 붉게 입술을 고쳐도
아무것도 속일 수 없었어요.
─「편의점이 보이는 거리」

일인칭과 삼인칭, 초상화와 풍경화

사람은 자기를 들여다보려면 거울에 다가선다. 세상이 궁금할 때 창문 밖을 내다본다. 이 두 가지 관점을 모두 가능케 하는 건 편의점 통유리다. 잘 닦인 편의점 유리 앞에 서면 자신의 얼굴이 얼비치고 세상의 풍경이 내다보인다. 『편의점이 보이는 거리』는 화자의 심리와 곡진한 사연을 담아내며 인물이 자리한 세상의 풍경을 두루 담아낸다는 점에서, 편의

점 통유리와 닮았다. 한 인물의 내면을 깊게 파고드는 일인
칭 시점과 사회상을 폭넓게 담아내는 삼인칭 시점을 아우르
는 복합적인 위치는, 깊은 시선과 너른 전망을 확보함으로써,
내몰린 사람의 초상화와 그들이 놓인 풍경화를 동시에 담아
낸다. 그늘에 묻혀 있던 사람들의 모습을 생생하게 살아나고
목소리를 내지 못하던 사람들의 속말이 들린다.

이 소설집은 다양한 형식으로 도시의 심연을 파고 들어간
다. 치매 노인의 설문지를 통해 이 시대의 노인이 처한 상황
을 보여주는 보고서 형식, 아이의 시점으로 현실을 보여주는
잔혹동화, 쪽방촌을 나와 부부의 모습으로 '구보 씨의 일일'
을 재해석한 도시 표류기 등 다채롭고 실험적인 접근방식으
로 지금, 여기에 드리운 그늘을 담아낸다.

궁핍과 고통을 담아내는 소설은 읽은 사람을 괴롭게 만든
다. 그렇다면 이런 경제적 궁핍과 실존의 가난을 담아내는
소설은 어떤 의미가 있을까? 당겨 말하자면 보이게 만드는
것, 들리게 만드는 것은 일종의 윤리적 실천에 해당한다.

가난의 세밀화

이 소설집은 무겁다. 등장하는 인물들의 삶은 하나같이 녹

록지 않다. 생명이든 사물이든, 쓸모를 기준으로 가치를 셈하는 세상에서 어떤 삶들은 그늘로 내몰린다. 생계가 흔들리는 자영업자, 질병이나 사고로 온전한 일상을 꾸리기 어려운 사람, 생업을 유지하지 못하여 궁핍에 내몰린 가족, 돌봄을 받지 못하는 노인과 아이는 사는 게 아니라 그저 버티고 있다.

이 소설의 주인공은 가난 그 자체라고도 할 수 있다. 가난은 단순히 물질적으로 부족하다는 것을 이르지 않는다. 이 소설집은 가난이 어떻게 관계를 망가뜨리며 인간의 영혼을 갉아먹는지를 보여준다. 쫓기듯 살아가는 삶에 현재는 정신없이 흘러가고, 하루하루 버티는 삶이 계획을 세우고 미래를 전망하는 건 불가능하다. 가난은 가난을 부른다. 사태는 더 나쁜 방향으로 나아가며 말미에 다다라도 빛 한 줌 찾기 어렵다. 노력하면 나아질 거란 희망찬 구호 따윈 없다. 최선을 다했지만, 나락에 떨어진 사람들에게 다른 현실의 가능성은 보이지 않는다. 가난한 사람에겐 복이 있나니, 같은 복음은 들리지 않는다.

하여 이 소설집은 무섭다. 선택지가 없는 삶, 그저 버티기만 해야 하는 삶만큼 두려운 것이 없다. 끝의 끝에 다다른 인물들은 거미줄에 걸린 나비처럼 경련한다. 이 소설집은 외면하고 싶은 그 떨림을 바라보고 기록한다. 가난이나 고통을 뭉뚱그려 보여주는 것이 아니라 생생하게 살려 가난의 세밀

화를 그려 낸다. 읽는 사람을 가난 속에 앉히고 그것을 보고 듣고 냄새 맡게 한다.

건물은 인기척 없이 조용하다. 복도 양쪽으로 늘어선 방은 모두 열 개였다. 방문은 늘 닫혀있지만 종잇장처럼 얇은 벽이 옆방의 **숨소리**까지 전해 주었다. 이불을 뒤집어쓰고 앓는 소리. 조곤조곤 나누던 대화 끝에 바닥을 주먹으로 치며 화를 삭이는 소리. 누군가 전자레인지를 돌리면 따뜻하게 데워진 음식 **냄새**가 퍼졌고, 또르르 맑은 소주가 컵에 따라지면 달고 시원한 소주가 **알싸하게** 목구멍을 넘어가는 기분까지 느꼈다. 그리고 소리도 냄새도 없이 오랫동안 열리지 않는 방에서는 개미가 퍼져 나왔다. 시체를 먹고 산다는 애집개미였다.

-「일과」에서

가난은 냄새를 풍긴다. 욕설과 소음에 시달린다. 비와 땡볕, 추위에 노출된다. 이 소설집은 가난을 생생한 감각으로 재현해 낸다. 읽다 보면 가난의 한복판에 놓이게 된다. 그늘 속에 숨겨진 가난의 민낯을 바라보게 만든다. 가난의 소리를 듣고 냄새를 맡게 한다.

오늘날의 죽음은 병원에서 지하 장례식장으로, 화장장으로 이동하여 신속하게 처리된다. 죽음은 두려운 것이기에 치워지고 가려지며 사라진다. 사람들은 가난을 죽음만큼 두려워한다. 누구든 죽고 누구나 가난에 내몰릴 수 있다는 가능성이 두려움을 자아낸다. 하여 가난과 가난한 사람들은 도시의 그늘에 숨겨지고 풍문처럼 여겨진다. 게으름과 불운이란 꼬리표를 달고, 변두리로 내몰린다. 가난은 직시하기 어려운 것이며 숨겨야 마땅한 것이 된다.

이 소설집은 가난을 가시화하고 가청화한다. 궁핍은 생존을 위해 각종 불편을 체화하는 과정에 불과하다. 나무를 자르듯, 질병, 냄새, 욕설, 소음이 켜켜이 쌓인 나이테를 보여준다. 소설 속 인물들은 열악한 주거 환경에서 **"찌든 냄새, 건물에 퍼진 짙은 곰팡이 냄새, 적층된 먼지 및 담배 냄새, 관리되지 못한 화장실 냄새가 섞여서 풍기는 특유의 악취"**를 감당해야 한다. 이 냄새를 피할 길은 없다. 얇은 벽 너머로 들리는 소음과 욕설, 들끓는 벌레, 피어오르는 곰팡이에서 달아날 방법이 없다. 소설의 생생한 현장감은 가난을 보이게 만들고 맡게 하며 들리게 한다.

머물 곳 없이 떠도는 '부유층'

이러한 가난의 전면적인 가시화는 인물이 자리한 공간을

그리는 것과 맞물린다. 도시 빈민과 주거 빈곤의 모습이 적나라하게 드러난다. 소설의 공간적 배경이 되는, 인물들이 자리한 주거 환경은 열악하다. 노부부가 등장하는「일과」의 배경은 쪽방촌이며,「은벗나무」의 가족들은 임대 아파트에 살고,「부유층」의 무대는 오르막길 마지막, 오래된 삼 층 상가의 옥탑이다.「구회별」의 아버지와 아들은 땅속 단칸방에서 살며,「벌레의 눈」의 아이는 작은집, 작은방에 갇혀 사는 자신을 벌레와 겹쳐둔다. 이러한 환경은 모두 방음, 환기, 채광, 단열 등 주거 기준에 미달하며, 바람과 비, 폭염을 막아주지 못하고 침수, 결로, 곰팡이 등에 취약하다. 불법 건축물이 많아 법적, 구조적 위험까지 감당해야 한다. 이런 불안정하고 열악한 주거환경은 삶을 피폐하게 만든다.

작가는 몸을 누이고 뿌리를 내릴 공간이 없는 삶을「부유층
浮遊層」이라 명명한다. 가난한 일가의 이사 이야기를 담은 이 작품에는 집 없이 떠도는 다양한 사람들이 등장한다. "영원의 집은 오르막길 마지막, 오래된 삼 층 상가의 옥탑이었다. 추울 땐 춥고 더울 땐 덥고, 비가 오면 비가 새고, 지나가던 바람도 제집처럼 드나드는 이 집"마저 집세가 올라 나가야 한다. 하지만 집을 보러 오겠다는 사람이 나타나질 않아 보증금을 받을 날이 요원하다. 가까스로 이사 오겠다는 택배기사는 이사비용을 줄이겠다며 짐만 옮겨 놓고, 전세 만기는 다가온

236

다. 이사 갈 집을 구하는 일도 녹록지 않다. 겨우 조건에 맞는 집을 구했지만, 이사를 가려면 거기 살던 할머니와 아이를 쫓아내야 한다. 붙잡고 하소연하는 할머니를 보는 일은 곤혹스럽다.

　－어르신, 이런 얘기가 무슨 소용이 있어요.
　－애기 엄마도 사람이고, 저 할매도 사람인데, 사람 사는 세상에서 돈 많으면 막 이래도 되는 거야?
　－돈이 많다고 이러는 게 아니라 법이 그런 거예요. 결국은 다 법대로 되는 거예요.
　－사람 위에 돈 있고 돈 위에 법 있다, 이거야? 법도 모르고 돈도 없는 건 죽어도 된다, 이거지?

－「부유층」에서

　할머니의 호소는 돈과 법 앞에서 무력하다. 화자인 영원에게는 할머니의 바람을 들어줄 힘과 돈이 없다. 이사 올 사람과 이사 갈 집에 사는 사람들은 떠밀고 떠밀린다. 가난이 가난과 다투는 형국이다. 소설 말미에서 화자는 겨우 머물 집을 찾지만 무례하고 험악한 이웃과 맞닥뜨린다. 벌레가 들끓는 집이지만 전세 만기가 코앞이고 대출을 더 얻지 않아도 된다는 조건 앞에서는 무력하다. 떠밀린 처지에서 집을 구하는 일은 다른 누군가를 쫓아내는 일이 된다. 더 나쁜 주거 환경을 감당해야 하는 미래는 암울하다. 밀어내고 밀려나는 이사의 연쇄는 끝없이 이어질 것이다.

그때 서울을 떠나지 않았더라면. 아이를 키우면서도 다닐 만큼 좋은 직장을 구했더라면. 배준의 주식이 그렇게 꺼지지 않았더라면. 서울에서 경기도 변두리까지, 네 번이나 거쳐 왔던 셋집이 떠올랐다. 영원은 과거에 사로잡혀 울적해졌다. 영원을 만들었던 시간과 마음, 돈까지, 모두 헐거워지는 느낌이었다.

―「부유층」에서

「일과」는 쪽방촌에 사는 부부의 하루를 담아낸다. 이 부부가 어떻게 사는지를 보여줌으로써 쪽방에서의 삶이 얼마나 열악한지가 드러난다. 폭염과 추위, 바람에 시달려야 하는 쪽방은 절도와 폭력에 노출되어 있다. 경제적 빈곤은 윤리적 궁핍을 낳는다. 기댈 언덕 없이 병든 아내와 사는 남편은 궁핍 때문에 칼로 이웃의 문을 따고 들어간다. 가난이 가난을 도둑질한다. 절도까지 저질렀지만, 방세가 없어 쫓겨날 처지다. 병든 아내를 데리고 병원에 가는 길, 도시의 풍경이 펼쳐진다. 세상엔 많은 집이 있지만 그들이 머물 방은 없다. 집에

서 방으로 내몰린 부부는 방값을 내지 못해 길로 떠밀려날
처지다. 자본주의 사회에서 이들은 난민으로 살아간다. 가파
르게 내리막길로 내리꽂히는 삶은 막막하다.

「벌레의 눈」의 소년은 가난하며 밥벌이에 허덕이는 부모에
게 돌봄을 받지 못하며 폭력에 시달린다. 소년은 감옥 같은
작은 집에서 벗어나 착한 아이가 될 미래를 꿈꾼다. "애벌레
는 나무 구멍 속에서 몇 년을 산다고 했다. 몸이 조금씩 커질
때마다 턱을 움직여 나무를 갉아 방을 넓힌다고 했다. 혼자?
안 무서워? 내가 말했을 때, 무섭고 힘든 걸 참아야 어른 벌
레가 되는 거야." 하지만 아빠가 나중에 이사 가자고 했던 삼
층집은 스케치북 안에나 존재한다. 가난은 대물림된다. 현재
를 버티기에 급급하여 미래를 도모할 수 없다. 공부나 성장
이 우선순위가 아니라 생존과 안전마저 보장받지 못하는 상
황에 처했기 때문이다. 꿈을 가져라, 미래를 적극적으로 만들
어가라는 말은 공허한 구호처럼 들린다. 아무도 돌봐주지 않
는 삶, 가난한 아이는 가족이 원망스럽기보다 안쓰럽다. 삶에
주눅 든 아이는 일찍 철들고 서글프게도 속이 깊다.

시간이 지나면서 나아지는 것이 아니라, 점점 나빠진다. 삶
은 버티기만 해서는 되는 게 아니다. 아이는 보통 '미래'와 '희
망'을 상징한다. 하지만 가난으로 인한 물질적, 정서적 박탈
의 경험이 길어지면 자신과 세계를 마주할 힘도 소진되게 마

런이다. 버티기 바쁜 삶은 꿈을 꿀 여력마저 빼앗는다. 「벌레의 눈」의 소년은 집을 갖는 벌레가 주인공인 동화를 꿈꾸지만 현실은 잔혹동화에 가깝다. 사람이라면 누구든지 누려야 할 기본적 주거의 권리에서 소외된 이들은 벌레보다 못한 삶을 감내해야 한다.

물질적 가난, 실존의 궁핍

스페인 작가 아델라 코르티나는 이런 상황을 '가난 포비아'라 명명했다.1 그리스 어원에서 '가난'을 뜻하는 아포로스(Aporos)와 공포증(Fobia)을 합쳐 '아포로포비아(Aporofobia)'는 오늘날 사람들이 이방인이나 다른 인종이 아니라 가난한 사람들을 두려워한다는 것이다. 가난은 두렵기에 배척의 대상이 된다. 혐오스러운 것으로 낙인찍힌다.

가난은 가난만으로도 힘겹다. 하지만 가난을 더 가난하게 만드는 것은 가난에 쉽게 들러붙은 말들이다. '못 배우고 가난한', '게으르고 무능한', '악다구니하며 쌈질이나 일삼는' 같은 표현들은 가난에 낙인을 찍는 말들이다. 가난은 그 자체

---

1   아델라 코르티나, 김유경(옮긴이), 『가난 포비아』, 북하이브, 2021.

만으로도 버겁고 서럽다. 그런데 사람들은 가난에 대해 가혹하다. 그것을 개인의 책임으로 돌리고 가족끼리 해결해야 할 문제로 여긴다. 가난은 수시로 조롱거리가 되며 모멸감에 시달려야 한다. 이런 상황에서 가난한 사람은 수시로 자책하며 자기 마음을 들쑤시며 자학을 일삼게 된다. 가난에 대한 시선이 가난한 사람을 비틀리게 만든다. 이런 가난에 대한 부정적인 시선은 내재화되어, 가난마저도 다른 가난에게 가혹해지게 만든다. 그러나 애초에 가난하고 힘들게 살기를 바라는 사람이 있던가. 이들은 풍족한 삶이 아니라 소소한 행복을 꿈꾸었다.

작은 바람에도 눈이 빨개지던 아내가 원했던 건 별 게 아니었다. 남들에게 손가락질 받을 일 없이 착실하게 애들 키우고 살림 일구는 평범한 일상. 겨우겨우 땅바닥에 번져 나오던 지하방의 작은 불빛 같은 아내의 소망을 생각하면 밉고 서운했던 마음들이 천천히 녹아 없어지는 것 같았다.

—「구회별」에서

하지만 사람으로서 당연히 누려야 할 행복은 요원하다. 사는 게 아니라 버티기에도 숨가쁘다. 소설 속 등장인물은 박한 임금을 감내하고 고된 노동을 수행한다. 아픈 몸을 끌고 살길을 찾는다.「구회별」의 화자는 생계를 위해 범죄에 연루된다.「은벗나무」에서 아내는 치욕을 감당하며 노래방 도우미로 일한다. 노력하지만 좀처럼 삶은 나아질 기미가 보이지 않는다. 가족끼리 단란한 시간을 보낼 여력이 없으며 피곤한 몸을 누일 공간도 찾기 어렵다. 삶을 더 나아지게 할 방법은, 현실적으로 마련되기에 불가능하다.「빨강」의 아이는 회색 풍경 속에서 질주하며 빨강을 찾아다니지만 보이질 않는다. 아이의 절망은 빈곤의 대물림이 낳는 운명주의, 무력감을 보여준다.

이 소설집에서 내몰린 사람들은 자신의 과거를 복기한다. 어디서부터 잘못되었는지, 어떤 잘못된 선택이 여기에 이르게 만들었는지를 곱씹는다. 거슬러 올라가서 살아온 나날을 떠올리면 잘 살자고 노력했지만, 뜻대로 풀리지 않은 날들이 가파르게 지나간다. 주어진 상황에서 최선을 다했던 과거가 주마등처럼 흘러간다.

하청 업체를 인수하면서 그는 공사판 인부였을 때보다 더 열심히 일했다. 그러나 하청을 받아 벌인 공사는 하면 할수록 빚이 늘어나는 구조였고, 중고 장비들은 일하는 날보다 정비 공장에 들어가는 날이 더 많았다. 결국 그에게 남은 건 많은 빚과 녹슨 굴삭기, 트럭 한 대뿐이었다. 가진 것을 모두 정리하고 살던 곳을 떠난 이후 일이 없는 그와 몸이 아픈 아내는 하루 종일 단칸방에 붙어 지냈다.

-「일과」에서

전세금을 빼서 치킨집을 할 때 얘기였다. 테이블 열 개짜리 가게였고, 아내가 주방을, 그가 홀과 배달을 맡았다. 그렇게 시작한 가게는 처음 몇 달은 전단지와 할인 이벤트 덕분에 손님이 좀 드는 듯했지만, 곧 개업발이 시들해지면서 매출이 곤두박질쳤다.

-「중력의 소실」에서

시어머니가 돌아가신 그해 겨울에 야간 운전을 하던 남편이 사고를 냈다. 과속을 하다가 앞차를 들이받았다고 했다. 보험 처리를 하면 운전면허가 취소될까 봐 퇴직금을 정산받아 합의를 보고 병원비를 냈다. 직장도 잃고 퇴직금도 날렸지만, 남편은 오히려 이참에 그토록 소원이던 개인택시를 하겠다고 했다. 우습지도 않은 농담이었지만, 남편이 기운을 추스르는 것 같아 다행스러웠다. 그러나 요추가 벌어져 디스크가 밀려 나온 남편은 왼쪽 다리 마비로 더 이상 운전을 할 수 없었다.

-「은벚나무」에서

돌이켜 보면, 열심히 산 죄밖에 없다. 최선을 다했지만, 사태는 나아지질 않았다. 노력한 시간에 대한 보상을 받지 못했을 따름이다. 가난에 들러붙곤 하는 나태와 무능이란 꼬리표가 무색하다. 주어진 상황에서 최선을 다했지만 이 지경에 이르렀다. 여유도 없이, 안전함도 없이, 일상의 작은 행복도 없이 줄기차게 버텨왔다. 그런데 언제까지 이렇게 살아야 할까.

이처럼 『편의점이 보이는 거리』는 내몰린 사람들이 살아온 내력을 보여주고 처한 상황을 세밀하게 그려냄으로써 가난과 불행엔 훨씬 복잡한 생활의 요소와 맥락이 얽혀 있음을 보여준다.

열악한 삶의 조건은 마치 이 땅에 사는 인간이라면 감당해야 할 중력처럼 그려진다. 중력에 의해 끌어당겨져 바닥에 나뒹굴게 되었다면, 그 잘못을 나락에 떨어진 사람에게 물을 수 없다. 가난의 속내와 내력을 들으면 가난은 단지 개인의 잘못으로 치부될 수 없다. 가시화된 빈곤의 존재를 확인함으로써 변화를 도모해야 할 영역은 빈곤을 자아내는 구조여야 마땅하다. 하지만 되레 일차적 피해자인 빈민이 게으름과 노력의 부족 등으로 단죄한다.

다만 서럽고 억울한 노릇이다. 이렇게 언제까지 살아야 할지도 기약할 수 없는데, 살아야 하는 나날이 여전히 남아 있다니 암담하다. 이 상황에서 벗어날 길은, 점괘나 복권처럼 황망하거나 다른 가난을 도둑질하는 것뿐이다. 현재가 암담하고 미래조차 암울하다면 붙잡을 건 '과거' 밖에 없다. 인물들은 어린 시절이나 행복했던 예전을 그리워한다. 하지만 추억이 일용할 양식이 되어주진 않는다. 기억이 현실을 바꿔놓을 순 없다. 성냥팔이 소녀가 켜 든 불빛처럼 금세 사라진다.

작가는 이런 캄캄한 삶에 소설의 말미에서 숨 쉴 자리를 마련해준다. 눈과 배꽃과 은벚나무, 별, 비가 잠시나마 위로가 되어준다. 모두 돈을 내지 않아도 누릴 수 있는 것들뿐이다.

이미 달은 지고 시내에 번져있던 불빛도 잦아들었다. 구회는 세상이 잠들 때를 기다려 낮게 내려앉은 별들을 바라보았다. 손을 내밀면 잡을 수 있을 듯 아주 가까운 곳에서 별들은 반짝이고 있었다. 저렇게 많은 별들이 모두 이름이 있고 제자리가 있다는 게 새삼 신기했다.

-「구회별」에서

그때처럼 은벚나무의 꽃무덤을 보고 싶다. 이제는 마지막이 될 그 꽃무덤을 보면서 남편의 목소리를 듣고 싶다. 아빠의 목소리가 그리울 아이들을 데려와 꽃무덤을 보여 주고 싶다. 그러고 나면 가파른 고갯길을 삼십 분씩 오르는 미련한 짓을 그만둘 수 있을 것 같다. 어제 본 그 집이라도 다시 얻어 새롭게 시작할 수 있을 것 같다. 이른 아침 부는 바람에 꽃잎이 날아갈까 조바심이 인다. 급한 마음에 벚나무를 향해 뛰어가기 시작한다.

-「은벚나무」에서

헐거운 사회적 안전망, 흔들리는 가족

생명이든 사물이든 생산성을 기준으로 가치를 셈하는 자본주의 사회에서 노인과 아이, 병자는 쓸모없는 존재로 낙인찍힌다.「중력의 소실」은 우주선이 날아다니는 시대에 땅에 발 묶여 가라앉아 가는 노인의 삶을 치매 설문지의 형식으로 보여준다.「빨강」과「벌레의 눈」은 아이 화자를 통해 잔혹 동화의 형식으로 현실의 캄캄함을 형상화한다. 노인이나 아이는 사회의 외곽으로 내몰린다.

안전망이 없는 사회에서 비빌 언덕은 가족밖에 없다. 안간힘을 쓰지만 아버지는 억울한 누명을 쓰고 도망 다니고 아들은 학교 폭력에 시달린다. 자식들은 떠나가고 부부는 쪽방에서 서로를 건사한다. 경제력이 없는 남편을 대신해 아내는 험한 일을 해야만 한다. 남은 건 가족뿐인데 서로가 안쓰러울 따름이다.

이런 가족마저 사라지면 더는 살아갈 방법이 없다. 이런 가족의 양상은, 한국 사회가 짜놓은 노동, 복지의 그물이 얼마나 성기고 낡았는지를 보여준다. 이들의 이야기는 공동체를 위한 중요한 증언이나 폭로가 된다. 현재 우리가 살아가는 사회가 어떠한 상태에 놓여 있는지를 진단하는 잣대가 된다.

알아차림, 감지(感知)의 윤리학

표제작 「편의점이 보이는 거리」에서 여자는 편의점 밖을 내다본다. 그녀의 눈에 양복점 아이가 들어온다. 아이의 부모는 이혼했고, 아버지는 여자들을 기웃거리는데 바빠서 아이에게는 눈길을 주지 않는다. 여자의 남편은 아이를 CCTV의 시선으로 감시할 뿐이다. 하지만 여자는 그 아이의 머리에서 오백 원짜리 동전만 한 맨살을 알아본다. 그 상처 자국에 과거의 자기 자신을 떠올린다. 외도를 일삼다가 집을 나간 아버지와 캄캄한 어린 시절이 아이의 모습과 겹친다. 여자는 아이를 감싸 준다.

상처는 상처를 알아본다. 다른 슬픔을 감싸는 것은, 어릴 적 자신을 끌어안는 것이며, 현재에 비틀린 남편과의 관계를 추스르는 실마리가 된다. 알아차림의 기술, 감지(感知)의 실천이 새로운 관계 맺기와 함께 살아갈 길을 모색하는 출발점이 되는 것이다. 거울을 통해 바라본 나의 모습과 풍경 속의 그늘이 겹치는 순간, 너는 내가 된다. 더는 남의 일이 아니며 우리 중 하나가 겪는 일이 된다.

이 소설에서 가시화된 현실은 처참하며, 들려오는 사연들은 참담하다. 우리는 몰랐다면 알아야 하고 안다면 외면하면 안 될 풍경과 마주한다. 작가란 사회의 통증을 함께 앓은 사람이라고 한다. 목소리를 제대로 들어본 적 없는 사람들을 이해하기 위한 장소를 만들어내는 것이 소설의 중요한 미덕이다. 보이게 만드는 것, 귀 기울여 듣게 만드는 것이 윤리적 실천이다. 그늘에 숨겨진 것들을 보여주고 들리게 만드는 행위는 무대책, 무관심, 망각을 끊어내는 출발점이 된다. 누구에게나 삶은 한 번뿐이다. 살아갈 만하게 해야 한다. 혐오와 공허한 연민, 섣부른 동정을 넘어서, 먼저 보고 들어야 한다. 알아차리고 감지하는 데서 변화는 시작된다.

글을 가르쳐주신 선생님께서는 말씀하셨다. 재미를 위해 함부로 죽이지 말고, 함부로 병들게 하지 말고, 함부로 곤궁하게 만들지 말라고. 책으로 엮인 나의 글을 다시 살펴보니 누군가를 죽이거나 병들게 하거나 곤궁한 형편에 빠지게 하였다. 게으르고 무딘 손끝으로 한밤에 스탠드 밑에서 사부작 사부작. 그래서 마음이 무겁다. 또한,

오래전에 그렸던 소설 속의 장면들을 현실에서 마주 하게 될 때, 긴 세월의 간극에도 그 변함없는 모습에 나는 놀라곤 한다.

저류인가?

폭풍우가 불어도, 해가 쨍쨍 내리쬐어도 언제나 어둡고 고요한 바다의 밑바닥. 그래서 세상이 잊고 있는가. 저류의 삶을.

그럼에도 불구하고……

깊은 우물에 두레박을 던져 끌어올리듯, 나는 계속 길어 올리고 싶다. 누구도 알아주지 않는 깊고 고요하게 잠긴 인생들을. 매섭게 필력을 갈고 닦아 두레박을 더 넓고 견고하게 다듬겠다. 그래서 밑바닥에 가라앉은 목소리뿐 아니라 바람에 날려 온 꽃잎도, 물에 비친 밤하늘의 달과 멀리 날아가는 새 그림자도 함께 길어 올리고 싶다.

진정한 작가의 삶을 온 생애를 통해 직접 보여주시는
이순원 선생님, 늘 존경하고 감사드립니다.
함께 공부했던 오랜 친구들에게도 모처럼 안부를 전합니다. 제멋대로 수신기를 꺼버리고 멀리 떠나 버린 친구들도 모두 그곳에서 평안하길.

실체 없는 사랑의 증명. 동섭. 재덕. 재윤.
그대들이 있어 내 삶은 아름답고 신비로웠다고.
말로는 다 하지 못할 사랑과 축복을 지면을 빌어 꼭 전하고 싶습니다.

끝으로, 책을 위해 애써주신 모든 분들께 감사드립니다.

실천문학 소설

편의점이 보이는 거리

2025년 12월 30일 1판 1쇄 박음
2025년 12월 31일 1판 1쇄 펴냄

지은이　　　　최계옥
펴낸이·편집장　윤한룡
디자인　　　　윤려하
관리 영업　　　이소연
홍보　　　　　고　우

펴낸곳　　　(주)실천문학
등록　　　　10-1221호(1995.10.26)
주소　　　　남양주시 퇴계원읍 퇴계원로 52 405호
전화　　　　02-322-2161~3
팩스　　　　02-322-2166
홈페이지　　www.silcheon.com

ⓒ 최계옥, 2025

ISBN 978-89-392-3191-7 03810

강원특별자치도 강원문화재단

이 책은 강원특별자치도, 강원문화재단 후원으로 발간되었습니다.

이 책 내용의 전부 또는 일부를 재사용하려면
반드시 지은이와 실천문학 양측의 동의를 받아야 합니다.